ALAIN DE BOTTON

|阿兰·德波顿作品集|

爱情笔记

[英]阿兰·德波顿 著

孟丽 译

上海译文出版社

文学的意义
——新版作品集代总序

阿兰·德波顿

在人类为彼此创造的艺术形式和作品中，有一个门类占据了最大比重，即以某种形式探讨伤痛。郁郁寡欢的爱情，捉襟见肘的生活，与性相关的屈辱，还有歧视、焦虑、较量、遗憾、羞耻、孤立以及饥渴，不一而足；这些伤痛的情绪自古以来就是艺术的主要成分。

然而在公开的谈论中，我们却常常勉为其难地淡化自身的伤情。聊天时往往故作轻快，插科打诨；我们头顶压力强颜欢笑，就怕吓倒自己，给敌人可乘之机，或让弱者更为担惊受怕。

结果就是，我们在悲伤之时，还因为无法表达而愈加悲伤——忧郁本是正常的情绪，却得不到公开的名分。于是，我们在隐忍中自我伤害，或者干脆听任命运的摆布。

既然文化是一部人类伤痛、悲情的历史，那么，所有的问题都能予以修正，把绝望的情绪拉回人之常情，给苦难的回味送去应有的尊严，而对其中的偶然性或细枝末节按下不表。卡夫卡曾提出："我们需要的书（尽管也适用于其他任何艺术形式）必须是

002.

一把利斧，可以劈开心中的冰川。"换言之，找到一种能帮助我们从麻木中解脱的工具，让它担当宣泄的出口，可以让我们放下长久以来对隐忍的执念。

细数历史上最伟大的悲观主义者，他们中的每一人都能抚慰这种被压抑的苦楚。用塞内加的话说："何必为部分生活而哭泣？君不见全部人生都催人泪下。"或者就像帕斯卡的叹谓："人之伟大源于对自身不幸的认知。"而叔本华则留下讽刺的箴言："人类与生俱来的错误观念只有一个，即以为人生在世的目的是为了得到幸福……智者知道，人间其实不值得。"

这种悲观主义缓和了无处不在的愁绪，让我们承认：人生下来就自带瑕疵，无法长久地把握幸福，容易陷入情欲的围困，甩不掉对地位的痴迷，在意外面前不堪一击，并且毫无例外地，会在寸寸折磨中走向死亡。

这也是我们在艺术作品中反复遭遇的一类场景：他人也有跟我们同样的悲伤与烦恼。这些情绪并非无关紧要，也无须避之不及，或被认为不值思量。关键在于我们如何看待。艺术作品带我们走近那些对痛苦怀有深刻同情的人，去触摸他们的精神和声音，而且允许我们穿越其间，完成对自身痛苦的体认，继而与人类的共性建立连接，不再感觉孤立和羞耻。我们的尊严因而得以保留，且能渐次揭开最深层的为人真理。于是，我们不仅不会因为痛苦而堕入万劫不复，还会在它的神奇引领下走向升华。

不妨把自己想象成一组同心圆。所有一眼望穿的事物都在外圈：谋生手段，年龄，教育程度，饮食口味和大致的社会背景。不难发现，太多人对我们的认知停留在这些圈层。而事实上，更内里的圈层才包裹着更隐秘的自身，包括对父母的情感、说不出口的恐惧、脱离现实的梦想、无法达成的抱负、隐秘幽暗的情欲，乃至眼前所有美丽又动人的事物。

虽说我们也渴望分享内里的圈层，却又总是止步于外面的圈层。每当酒终人散，回到家中，总能听见心中最隐秘的部分在细雨中呼喊。传统上，宗教为这种难耐的寂寞提供了理想的解释和出路。宗教人士总说，人的灵魂由神创造，唯有神才能知晓其间最深层的秘密。人也永远不会真正地孤独，因为神总是与我们同在。宗教以其动人的方式关照到一个重要命题，意识到人对被深刻了解和赞赏的愿望何其猛烈，并且大方地指出，这种愿望永远也无法在其他凡人身上得到满足。

而在我们的想象空间里，取代宗教地位的是人和人之间的爱情膜拜，俗称浪漫主义。它朝我们抛来一个漂亮而轻率的想法，认为只要我们足够幸运和坚定，从而遇到那个被称为灵魂伴侣的高维存在，就有可能打败寂寞，因为他们能读懂我们的所有秘密和怪癖，看清我们的全貌，并且依然为这样的我们陶醉沉迷。然而，浪漫主义过后，满地狼藉，因为现实一再将我们吊打，证明他人永远无法看透我们的全部真相。

好在，除了爱情和宗教的诺言之外，尚有另一种可用来关照寂寞的资源，并且还更为靠谱，那就是：文学。

目 录

一　爱情宿命论

1. 恋爱时，我们最向往缘分天定。然而，多数时候我们不得不与无法理解我们灵魂的人同榻共枕。如果我们相信（与这个理智时代的所有准则相反），终有一天，命运会安排我们与梦中情人相会；或者有些迷信地幻想：冥冥之中有一个正是我们无尽思念的人，难道我们不该得到理解和原宥？也许我们的祈祷永无回应，也许彼此的心灵永难沟通，如果上天对我们还有些许怜悯，难道我们不能期盼在一次邂逅中与心仪的王子或公主不期而遇？难道我们不能暂时摆脱理性的责难，仅仅把这当作是爱情的一次无可避免的缘分天定？

2. 十二月初的一个上午，十点左右，我坐在英国航空公司喷气式飞机的经济舱里，从巴黎回伦敦，全无体验爱情或是邂逅故事的心理准备。飞机刚刚飞越诺曼底海岸的上空，冬天的云层散开退去，下面是一览无遗的碧蓝海水。我百无聊赖，心绪不宁，随手拿起一本航空杂志，漫无目的地读着上面假日旅店和机场服务设施的介绍。飞机尾部引擎的微微颤动、机舱里宁静的灰暗色调以及乘务员甜甜的微笑令人心情略觉惬意。一位乘务员推着饮料和点心从走道上过来了。尽管我不饿也不渴，但在这飞机上，我产生了想吃点东西的感觉。

3. 我左边的乘客也许有些不适，她取下耳机，仔细研究起面前椅袋里的安全指示卡。卡片上介绍了理想的坠机状态：乘客平静地软着陆在地面或水面，女士们脱掉高跟鞋，小孩熟练地给防护衣充气，机身尚未破损，汽油也奇迹般的没有燃烧。

4. "如果飞机出事，我们都会死掉，这些可笑的安全指示有什么用？"她自言自语道。

"这样或许能使人们感觉安全一些，"作为惟一的听众，我回答说。

"说真的，这倒是不错的死法，快速，特别是当飞机坠地时正好坐在前排。我有一个叔叔就死于空难。你认识的人有没有那样死的？"

没有，但我没来得及回答，因为有位乘务员过来（她不知道她的乘客们这会儿正对航空公司的职业道德产生了怀疑）给我们送午餐了。我要了一杯橙汁，正准备把一盘三明治挡回去时，我旁边的这位旅伴小声地说："拿着，给我吃，我很饿。"

5. 她留着栗色短发，后颈露了出来，水灵清澈、如绿潭一般的大眼睛回避着我的目光。她身着蓝色衬衫，膝盖上放着一件灰色羊毛开衫，肩头瘦削，显得弱不禁风，从参差不齐的指甲看得出她经常啃手指头。

"我真的没抢你的午饭？"

"一点都没有。"

"不好意思，我还没有自我介绍呢，我叫克洛艾，"她一边说，一边从扶手上伸过手来与我握了一下，稍显得有些正式，但令人心动。

接着，我和克洛艾各自介绍了自己的情况。克洛艾说她是到巴黎参加一个交易会回来。她毕业于皇家艺术学院，从去年开始在索霍区的一家时尚杂志社做平面设计。她出生在约克郡，但小时候就搬到威尔特郡去了，现在（二十三岁）独自住在伊斯灵顿的一套公寓里。

6. "但愿他们没有把我的行李弄丢，"当飞机开始降落在希思罗机场时，克洛艾说，"你会有类似的担心吗？"

"没有，不过我倒是碰上过这种事，已经两次了，一次在纽约，一次在法兰克福。"

"唉，我一点也不愿意出行，"克洛艾叹了口气，咬着食指尖，"更讨厌回来，我真是有归来恐惧症。每次离开一段时间，我就总担心家里会发生什么可怕的事情，要么水管破了，要么工作丢了，或仙人掌死了。"

"你养仙人掌？"

"有好几盆呢，已经养了一段时间了。我知道有人说这属于阴茎崇拜，不过我曾在亚利桑那过了一个冬天，是在那儿迷上仙人掌的。你养宠物吗？"

"养过金鱼。"

"后来呢？"

"那还是几年前的事，我和当时的女友住在一起。有一天她关掉了鱼缸里的通气管，鱼都死了，我想她多半是出于妒忌。"

7. 我们天马行空地闲聊，微妙地捕捉彼此的性情，犹如漫步在蜿蜒崎岖的山间小径，轻掠淡远山色。直到飞机轮胎落地，引擎反向转动，飞机滑向航站楼，准备将乘客卸在拥挤的入境大厅。当取好行李，通过海关检查时，我已经爱上了克洛艾！

8. 惟有生命走到尽头，我们才能知道自己的爱之所在。但是与克洛艾相识不久，我就似乎找到了爱的归宿。审视自己所有可感知的情感，和这情感可能的接受者，我无从确定为何突然之间对克洛艾产生的竟然是爱情。我不知晓这生成过程的内在动力，而且也只能借人生的阅历来确证这些感受。我惟一能交代的就是在我回到伦敦后过了几天，克洛艾和我共度了一个下午的时光。接着，在圣诞节前的几个星期里，我们总是一起在伦敦西区的餐馆共进晚餐，然后去她的房间做爱，欢度良宵。好像这一切既是最陌生却又是最自然不过的事情。她和家人一起过圣诞节，我和朋友去了苏格兰，但我们却每天都要跟对方通电话，有时一天竟达五次之多。并不是特意要说点什么，只是因为我们都感到自己从未与人这样交流过，以前都在奉行中庸之道，在自欺欺人，只是到现在这一刻，我们才最终领悟了另一个人，也才最终为对方所领悟。等待（本质上是对救世主的等待）终于结束了。我意识到，她就是我痴痴寻找了一生的女子，一个符合我梦想的精灵。她的微笑、她的双眸、她的幽默、她的阅读品味、她的焦虑、她的智慧，她所有的一切都与我的理想完全吻合。

9. 我感觉我们是如此地天造地设（她不仅将我的话语补充完整，她还使我的生命不再残缺），以致我不能认为邂逅克洛艾只是一次偶然的巧合。我失去了带着无情的怀疑论——虽然有人认为它是必要的——来思考命定这个问题的能力。这不是所谓的迷信，克洛艾和我找到诸多的细节，不管多么微不足道，来证实我们直觉的感受：我们注定为彼此而生。我们都出生在双数年份的同一个月的午夜前后（她是在晚上十一点四十五分，我是在凌晨一点十五分）；我们都学过竖笛；都在学校排演过《仲夏夜之梦》（她演海伦娜，我演忒修斯）；我们左脚脚趾上都有两颗大大的斑点；同一个后臼齿上都有条裂缝；我们都会在阳光下打喷嚏；都喜欢用餐刀挑出番茄酱；甚至我们的书架上都有同一个版本的《安娜·卡列尼娜》（牛津出的老版本）。也许不过是细枝末节，但凡此种种的一致，难道还不足以让信徒们建立起一种新的宗教吗？

10. 我们让存在得以升华，获得意义；我们赋予时间本身并不具有的情节性。克洛艾和我把飞机上的相遇神化为爱神阿弗洛狄忒的安排，充满古典和神秘气息，是爱情故事的第一场第一幕。自我们降临凡尘，宇宙中就有一位伟大的神灵在微妙地改变我们的运行轨道，终使我们能于这一天邂逅在巴黎至伦敦的班机上。一切我们已经如愿成真，所以我们可以忽略那没有发生的无数故事，忽略因为错过飞机或忘了电话号码而未曾得以书写的浪漫。就如历史学家一样，坚守既成的事实，就必然万无一失，不必在乎每一个片段都可能出现的偶然性，也不用正视自己扮演着自己的黑格尔和施本格勒[1]，错误地编织起宏大的历史叙事。我们摇身变成叙述者（紧跟既成的事实），把飞机上的邂逅美化为天意的安排，为我们的命运找到难以置信的因果联系。我们这样做实在是过于神秘主义，或者（仁慈点说）过于文学粉饰。

11. 我们本应更理性地看待此事。克洛艾和我都不是经常来往于巴黎和伦敦，此次旅行也都不在各自原本的计划当中。克洛艾在最后一刻被她的杂志社派去巴黎，因为副主编恰巧病了。而我之所以去，则是由于在波尔多的建筑任务碰巧早早完成，才使

1　施本格勒（1880—1936），德国哲学家。

我有足够的时间到巴黎，在姐姐那儿逗留几天。在我们计划回英国那天，两国的航空公司从戴高乐机场到希思罗机场共有六趟九点至午时的航班。虽然我们都打算在十二月六日下午早些时候回到伦敦，但都是在最后一分钟才确定到底乘哪架班机。这样，从六号拂晓算起，我们乘坐同一次班机（不一定是相邻座位）的数学概率就是三十六分之一。

12. 克洛艾后来告诉我说，她本来打算乘坐十点半的法航班机，但由于退房时包里的一瓶洗发香波漏了，不得不重新装包，耗去了宝贵的十分钟。当旅店打好账单，用信用卡结完账，再为她叫来一辆出租车时，已经九点十五分，要搭上十点半的法航班机已经很赶。当她总算通过维耶特门附近拥堵的交通到达机场时，那架航班已经停止登机了。因为不想再等下一趟，于是她就去了英国航空公司候机楼，买了十点四十五分飞往伦敦的机票。我（因为种种私人原因），乘坐的也正好是那架航班。

13. 接着，售票处的计算机是如此地造化弄人，把克洛艾安排在位于机翼边的 15A 座，而我则在旁边的 15B 座（见图 1.1）。当我们开始谈论那张安全指示卡时，完全没有想到两人对话的可能性其实极其微小。我们都不可能乘坐头等舱，在有一百九十一个座位的经济舱里，克洛艾被安排坐 15A，而我，极可能是出于偶然，被安排坐 15B。从理论上说，克洛艾和我相邻而坐的可能

图 1.1　英国航空公司波音 767

性（虽然我们相互交谈的机率无从算起）是 110/17847，也就是
1/162.245。

14. 但这个数字只是基于当巴黎和伦敦之间只有一趟航班时，我和克洛艾互为邻座的可能性。而实际巴黎和伦敦之间有六趟航班，并且我俩都曾在这六趟之间犹豫不决，到最后一刻才选择了这一班，所以这个可能性必须乘以三十六分之一的机会。这样，克洛艾和我在十二月份的一个早上，乘坐英国航空公司的波音飞机飞越英吉利海峡时邂逅的最终可能性为 1/5840.82。

$$（可能性 = 1/36 \rightarrow 110/17847$$
$$= 1/162.245 \rightarrow 1/162.245 \times 36$$
$$= 1/5840.82）$$

15. 然而一切还是发生了。以上的计算远没有让我们信服理性的论证，只是支持了对我们相爱的神秘诠释。如果事物演变成现实的可能性小而又小，但仍然实实在在发生了，那么给予它一个宿命的解释又何错之有？抛掷硬币那种百分之五十的可能性，不足以让我相信上帝操纵论，但是面对克洛艾和我所涉的这种小而又小的可能性，即相遇的概率只有 1/5840.82，这除了是命运的安排，再无其他可能。它让我们执着地去思量，这场改变我们生活的邂逅，其发生背后那巨大的不可能性。一定有人在（三万英尺的高空）摆弄我们的命运。

16. 对于偶然事件，人们可以通过两种途径进行解释。哲学的观点坚持奥卡姆剃刀原则，只着眼于主要原因，认为事物背后的诱因不能复杂化，除了认可严格吻合的因果关系，避免夸大出更多的原因，也就是说，要探究事物发生的最直接原因。就我们的情况而言，应探究的是克洛艾和我被安排在同一架飞机上相邻而坐的可能性，而不是火星和太阳之间的位置关系，或浪漫宿命的故事情节。然而神秘主义观点会情不自禁用更为宽泛的理论来解释事件。一面镜子落下墙来，碎成千万片，缘何如此？又有怎样的含义？于哲学家而言，不过是一点微震，或是遵循物理法则的某种力量（根据一个可以计算的概率）正好使其落下而已。然而在神秘主义者看来，这面破碎的镜子却含义无穷，可能至少是七年厄运的标志，是神对上千个罪孽降下的报应，是上千个惩罚的预示。

17. 上帝一百年前就已死去，如今这个世界，是计算机而不是神谕在预测未来。爱情宿命论在危险地转向神秘主义。我认为克洛艾和我是命中注定要在一架飞机上相遇，为的是而后的相爱，这表明，我尚停留在通过查看杯中的茶叶渣或观察水晶球来占卜命运的阶段。如果上帝不掷骰子，他或她肯定无法与命定的爱人相会。

18. 然而，迷失在爱情中的我们提议说，某些事情之所以发生，是因其不可避免，借此来化解偶然性带来的全部恐惧，从而给我们乱糟糟的生活以持续下去的目标和方向，这是可以理解的。虽然骰子会摇出不同的数，我们却执意要摇到那表明终有一天我们会相爱的必要数字方肯罢休。尽管客观地说，我们的相遇是那么偶然，以至几无可能，但我们还是不得不相信，与我们践约者的不期而遇，早已被写在从天空中缓缓打开的卷轴之上。因此，那一刻（不管到现在还是怎样的悄无声息）最终会把那个被选中的人儿呈现给我们。趋于将事物视为命运的安排会有怎样的后果？也许只会走向它的反面，对偶然性产生焦虑，害怕生活中的细微感觉只是我们自己的想象，根本不存在什么卷轴（从而也没有预定的命运等在那儿），除了我们主观附会，发生什么或不发生什么（在飞机上邂逅或不邂逅某个人儿）并没有任何意义。简而言之，这焦虑就是，根本没有上帝在安排我们的故事，于是我们的爱情也没有上帝来给予保证。

19. 爱情宿命论无疑是一个神话或一种幻觉，但是我们没有理由将之斥为胡言乱语。神话除却主要信息也许还有重要的含义，我们没有必要为了知道希腊诸神关于人类思想的深刻论断而去笃信他们。如果认为克洛艾和我命中注定会相遇，当然荒谬可笑，但是如果我们已经把发生的许多事情视为了命运的安排，也理应得到谅解。在我们天真的信念里，我们只是不想让自己产生这种想法：如果航空公司的计算机没有将我们的座位安排在一起，我们同样也会相爱。当爱情是如此牢牢依附于爱人的独一无二时，这种想法绝无生存的空间。当我爱上的是她的眼睛、她点烟的动作、她接吻的方式、她听电话的样子和她盘弄头发的姿势时，我怎么可能想象克洛艾在我生命中的位置能够被他人取代？

20. 因为这爱情宿命论，我们便不用考虑那个不可理解的论断：人们总是先有爱的需要，然后再去爱一个特定的人；我们选择的伴侣必定在相遇的人当中，如果给予不同的范围，不同的航班，不同的时间或事件，那么我爱上的人可能不是克洛艾——既然我已经爱上了她，我便不会再作如此思量。我的问题在于，将注定去爱和注定爱上一位特定的人混作一团，错误地认为，于我，不可避免的，不是爱，而是克洛艾。

21. 但是对于故事开端的宿命论诠释，至少证实了一件事，那就是我爱上了克洛艾。待我觉得两人陌路相识或是擦肩而过的时刻，最终不过是一个偶然，只有 1/5840.82 的可能性时，也就是我不再觉得必定要与她共度人生，从而也不再爱她的时刻。

二　理想化

1. "洞悉他人不难，但于己无益。"艾利亚斯·卡内蒂[1]说，意指我们挑他人的过错再容易不过，但于己毫无意义。正是因为出于瞬间的念头，人们没有透视对方的心灵，甚至为此付出蒙蔽自己的代价才因此而相爱。如果玩世不恭和爱情位于对立的两端，那么有时候我们是用相爱来逃避自己耽于其中、从而遭其弱化的玩世不恭。每一例一见钟情中都有对爱人品质的故意夸张。这种夸张的赞美使我们只会把精力倾注在一张特定的脸上，这张脸承载着我们草率而神奇的信念，不致使理想破灭。

2. 我和克洛艾在海关出口处的人群中走散了，后来又在行李提取处找到了她。她正使劲推着一辆总往右扭的手推车，但是从巴黎来的行李的传送带在大厅左边很远处。我的车灵活自如，所以我便推过去让给她用，但她拒绝了，说不管车多不听话，既然推到手上都应该对它忠实，还说飞行之后做点运动也有好处。我们推着这辆往右扭的车拐来拐去（经过卡拉奇航班的行李提取处），走到巴黎航班行李的传送带那儿。那儿已经挤满了人，自从在戴高乐机场登机后，这些面孔不由得都有些眼熟了。第一批行李开始滚落到有联结缝的橡胶垫子上。一张张面孔焦急地注视着传送带，寻找自己的行李。

3. "你有没有被海关扣留过？"克洛艾问我。

"没有，你呢？"

"也没有，不过我曾假供认过一次。一个纳粹似的关员问我有没有东西要申报，我说有，其实我没带任何违反规定的物品。"

"那你为什么这样说呢？"

"不知道，我当时有一种罪恶感。我一直有这种可怕的倾向，想承认一些自己没做的事。我总有些怪念头，总想向警察坦白一些自己根本没有犯过的罪行。"

4. "顺便提一句，不要根据我的行李箱来判断我这个人。"我们在张望着等行李的时候，克洛艾对我说。其他的人已经幸运地拿到了。"我是上飞机前的最后一刻在雷恩街的一家破店里买的，丑得很。"

"待会看过我的你再说吧，我可连个借口都没有。这包我用了五年多了。"

1　艾利亚斯·卡内蒂（1905—1994），1981年诺贝尔文学奖得主。

"帮个忙好吗？我去一趟盥洗室，帮忙留意一下我的手推车，我一会儿就回来。哦，如果你看到一个粉红色的手提箱，有鲜绿色手柄，那就是我的。"

5. 过了一会儿，我看见克洛艾穿过大厅，朝我走回来。她脸上现出难受的表情，略有些焦虑不安。后来我才知道，这是她的常态。她的脸上看去永远凄楚欲泪，眼神中有一种担忧，似乎有人要告诉她一个不幸的消息。她的这种气质令人忍不住想要抚慰她，给她安全感（或只是伸手让她握住）。

"行李还没过来？"她问道。

"没有，我的也没有，不过还有很多人在等呢。至少还要五分钟，不要那么急嘛。"

"还真难等。"克洛艾露出微笑，低下头看着脚。

6. 我骤然觉察到爱的降临，就在她开始讲起一个她自认为会是漫长而乏味的故事后（间接因为雅典航班的行李传送带就在我们旁边）。故事说的是她和她哥哥夏天在罗得岛度假的事。克洛艾讲述时，我看着她的手摆弄着米色羊毛外套的腰带（食指上有些斑点），意识到（好像这是最不证自明的事实）自己爱上她了。我情不自禁地认为，无论她如何拙于言辞、语句不全，或者总有些焦虑不安，对于耳环的品位可能也不够高，她都是那样的令人倾慕。这是完全理想化的一刻，产生于一种无可理喻的幼稚的感情，就如同产生于她外套的优雅、我的飞行时差综合征、我早餐所吃的东西，以及在第四航站楼行李区与她彻底展露的美丽截然不同的压抑气氛一样。

7. 岛上挤满了游客，但我们租了摩托车和……克洛艾的假日故事沉闷无趣，但沉闷无趣不再是一个评判标准。我不再依据日常谈话约定俗成的逻辑看待它；我也不再从话语中找出智性的感悟或诗化的真谛。她说了什么无关紧要，紧要的是她正在说——我想从中发现她所说的一切都是那么完美无缺。我乐意倾听她说的每一个趣闻（有一个卖鲜橄榄的店子……）；喜爱她讲的每一个笑话，即使讲丢了其中的妙语；欣赏她发表的每一点见解，即使头绪纷乱。因为这彻底的寄情克洛艾，我乐意不再自我专注，而是用心体会她的每一点脾性，分享她的每一段记忆，探索她童年时代的生活历程，了解她喜欢的所有事物，知晓她害怕和痛恨的东西——所有这些也许早已存在于她身心之中，却在瞬息之间变得那么神奇迷人。

8. 行李终于来了，在我的行李后面只隔着几个箱子，就是她的。我们把行李搬上手推车，从绿色通道走出去。

9. 一个人对他人的美化可以达到可怕的程度，甚至连自己都无法忍受——因为自己都无法忍受……我必定已经意识到，其实克洛艾不过是一个平常人（包含这个词所有的字面意义），但是我不愿正视，因为旅行和生活的所有压力，我理应得到谅解。每一例相爱都是（借用奥斯卡·王尔德的一句话）"希望"压倒"自知之明"的伟大胜利。我们跌入爱河，祈望不要在心上人身上发现我们自己的劣根——胆怯、脆弱、懒惰、无信、妥协忍让、粗鲁愚蠢。我们给心上人戴上爱的饰环，认为心上人能够超越我们自己犯下的一切错误，从而可亲可爱。我们从心上人的内心找到自己并不曾有的完美，盼望通过与心爱之人的结合，即可保有（不顾心知肚明的所有反面证据）对人类的一种岌岌可危的信念。

10. 为何心知肚明却不能阻止我跌入爱河？因为我的欲望毫无逻辑、天真幼稚，无法阻止我对她的信念。我知道有一种空虚，浪漫的幻想可以填补；我知道有一种喜悦，来自于发现他人值得倾慕。早在遇见克洛艾之前，我肯定早有必要去从另一张脸上找到一种完美，一种我在自己身上从未发现过的完美。

11. "可以检查你的包吗，先生？"海关官员询问我，"你有什么东西需要申报吗，比如酒类，香烟，枪支……"

就如天才王尔德一样，我想要说的是"*只有我的爱需要申报*"[1]。但是我的爱不是罪过，至少眼下还不是。

1　王尔德首次到美国讲学时，曾在纽约海关这样说过："只有我的天才需要申报。"

018.

"要我等你吗？"克洛艾问我。

"你是和那位女士一起的？"那个海关官员问道。

我担心有些冒昧，就说不是，但又问克洛艾是不是可以在另一边等我。

12. 爱情以无与伦比的速度和独特性改造着我们的需求。我对海关例行公事的不耐烦，暗示着克洛艾已经成为我欲望之所在，而几小时前我还不知道世界上有这么一个人儿。这不同于饥饿感，饥饿是逐渐出现的，是根据时间的推移产生的需要，在开饭时周期性到来。我感到如果在大厅另一边找不到她，我就活不下去了——为那天上午十一点半时才踏进我生命的人而死。

13. 如果爱情生发得过于迅速，也许是因为对爱的向往催生了爱人的生成，需要促成了结果。先是想要爱某一个人（大体来看是无意识的），心上人的出现只是第二步——我们对爱情的渴望铸就了心上人的特征，我们对爱情的期盼唤来心上人的出现。（但是我们诚实的一面不会让欺骗永远继续。总会有这样的时刻，我们怀疑心中构想的爱人是否真实存在——或他们是否只是我们创造出来的一个幻影，用以防止爱的缺失必然带来的崩溃。）

14. 克洛艾在那边等我，但我们只在一起待了一会儿，就又分别了。她当初从伦敦出发时把车泊在停车场，我则必须乘出租车去办公室拿文件——这是一个双方都倍感为难的时刻,不知是否要把故事继续下去。

"我会打电话给你,"我随口说道,"我们可以一起去买一些箱包。"

"这主意不错,"克洛艾说,"你知道我的电话号码吗?"

"我想我已经记住了,写在你的行李标签上呢。"

"你倒挺会打探,希望你没记错,很高兴认识你。"克洛艾说着,朝我伸出一只手。

"祝你的仙人掌好运。"我看着她走向电梯,在她身后喊道。那辆手推车还是一直往右扭。

15. 坐在回市区的出租车上,我感到莫名的失落和忧伤。这真的就是爱情吗?仅共度了一个上午就说是爱,会被认为是浪漫的幻想和语义的错误。然而只有在不了解所爱之人时,我们才会跌入爱河,最初的行动必然建立在茫无所知的基础上。所以,面对如此多的忧虑,既有心理学的,也有认识论的,如果我仍然将其称之为爱,这也许来自这样一种认知,即这个词永远都无法精确地使用。既然爱不是地点,不是颜色,也不是化学品,而是所有这三者甚至更多,或并非这三者甚至更少,那么当谈到爱的时候,人们为什么不可以如己所愿地畅所欲言,各行其是?难道这个问题还局限在学术领域的对与错?是真爱?抑或是一时的沉迷?如果不是时间(时间也是自欺的),谁又能断定?

三　诱惑的潜台词

1. 对于坠入情网的人们而言，恋人的任何言行举止似乎都有了潜台词。每一点微笑的意蕴、每一个词语的含义都如一条小路，通向即使没有一万二千个，至少也有十二个。日常生活中（即没有爱情的生活）可以按其表面意义理解的姿势和话语，现在却要穷尽词典可能有的所有释义。至少对倾慕者而言，所有的疑虑都归结到一个中心问题，如同罪人惊惶地等待判决一般：她/他喜欢我吗？

2. 随后的日子里，我对克洛艾的思念总是萦绕心头，无法抑止。这是莫名的思念，惟一能够理解的解释就在于所思念之人本身（从而回应了蒙田对于他和拉博埃西的友谊所作的阐述；因为她是她，我是我）。尽管国王十字路口附近的办公室工程设计工作压力很大，然而思绪还是任性地、不可抗拒地漂移到她那里。我得把这仰慕的对象予以限制。尽管思念不是我工作日程的一部分，（客观地说）没有任何乐趣，缺少发展变化，没有意义，只是纯粹的渴望，但她总是侵入我的意识之中，干扰我办理要紧事务。这些以克

022.

洛艾为内容的思绪就是：啊，她多么好；如果能……该多好啊。

其他则是一些定格的意象：

［1］克洛艾靠在机窗边的身姿

［2］她水灵的绿色眼眸

［3］她轻咬下唇的牙齿

［4］她说"那很奇怪"时的口音

［5］她打哈欠时脖颈的偏斜

［6］她两个门齿之间的缝隙

［7］她握手的姿态

3. 她的电话号码的数字组合已经不幸被我忘得一干二净（记忆更愿意重复克洛艾的下唇），如果当时意识能够专注于它们该多好啊。号码是

（071）

6079187

6097187

6017987

6907187

6107987

6709817

6877187

中的哪一个呢？

4. 第一个电话没有回应我的欲望，反而传达了痴情的风险。6097187 打到的不是心上人的住所，而是离北街不远的一个殡仪馆——起初并不知道，直至一场乱七八糟的交谈之后，我才弄清那儿也有一个职员叫克洛艾。她被叫来接听电话，花了好几分钟试图把我的名字对号入座（最终还是把我当作曾咨询过丧葬事宜的顾客）。我挂上了电话，面色潮红，衣衫湿透，简直半死不活了。

5. 第二天，当我终于拨对了克洛艾的电话时，正在上班的她似乎也将我忘到了九霄云外（把我忘到哪儿去了？我无法想象）。

"我这里情况糟透了，请你等一下好吗？"她用秘书小姐的口吻对我说。

我拿着听筒，心里很不是滋味。纵使我曾幻想我们之间如何亲密，然而回到现实空间，我们只是陌生人。我的渴望粗鲁地越出了范围，侵入克洛艾的工作时间，它并不受欢迎。

"喂，对不起，"她回到电话那头，说道，"我现在确实没时间。我们正在准备一期增刊，明天要出版。我到时候给你回电话好吗？等事情消停下来，我会尽量在家或办公室里给你打电话，好吗？"

6. 心上人不给我打电话，电话成了她魔手中的一件刑具。故事的发生与否为打电话的人所操纵，接听者失去了叙说的主动性，只能在电话打来时跟随、回应。电话将我置于被动的角色。从电话交流的传统性别习惯来看，我像是等待电话的女性，克洛艾则成了拨打电话的男性。这迫使我时刻准备接听她的电话，因此我的行动被赋予了难以忍受的目的论色彩。电话机的塑料外壳、易用的拨号键、色彩的设计，所有这些都显示不出隐藏在它的神秘之下的残酷，也缺少它将于何时获得生命（我也如此）的线索。

7. 我宁愿自己选择了书信传情。当她一周后打来电话时，我已经把要说的话排练了太多次，以致一时语塞。我毫无准备，光着身子从浴室走出来，用棉球擦着耳孔，同时还留心着浴室里的流水。我跑到卧室里的电话旁。除非烂熟于胸而且已经演练过，否则我的言语永远如同初稿一般。我的话音夹杂了一点紧张，一点兴奋，还有一点愠怒。如果换作写信，我也许可以熟练地把这一切给消除掉。但是电话没有文字处理程序，说话者只有一次机会。

"很高兴你打来电话，"我笨笨地说，"一起吃顿午饭或晚餐吧，或做点别的什么你感兴趣的。"在说第二个"或"的时候，我的声音都哑了。这语句本可以如演讲一般无懈可击，创作者（那些人无法将要说的话付诸笔端）本可以周密详实，语法精确。然而现在创作者没了，只剩下一个结结巴巴的说话人，错漏百出、词汇贫乏、嗓音嘶哑。

8. "这个星期我真的没空和你一起吃午饭。"

"噢，晚餐怎么样？"

"晚餐？让我瞧瞧，嗯，哦（停顿），我正在这儿看我的日程簿，你看，好像也没空。"

"你简直比首相还要忙。"

"对不起，事情烦透了。要不这样吧，下午你有空吗？就今天下午，我们可以在我的办公室会面，然后到国家美术馆逛一逛，或随便你，去公园或别的什么地方。"

9. 我被克洛艾吸引了。在这吸引中，自始至终都有令我迷惑不解的问题，她的每句话和每个动作中不可言说的潜台词都让我耗尽心神。当我们从她在贝福德大街的办公室去鸽子广场时，她在想些什么？所有的迹象都是恼人的模棱两可。一方面，克洛艾非常乐意在这个下午与一位男士参观美术馆，这位男士和她只是一周前在飞机上有过一面之缘；另一方面，她的行为举止无不表明，这不过是一次关于艺术和建筑的理性探讨。也许这只是友谊，只是女人对男人的一种充满母性、无关性爱的关系。克洛艾每一个姿势的意蕴都悬浮在纯真和诱惑之间，满含令人疯狂的意义。她明了我对她的渴望吗？她渴望得到我吗？她的话尾以及笑容背后有挑逗的痕迹，我探察得准确吗？或者我只是在把自己的意愿强加给这张无辜的面容？

10. 每年的这个时候，美术馆里总是人群熙攘，因此我们等待了一会儿才把外套存放在衣帽间，走上楼梯。我们从意大利早期艺术看起，尽管我的思绪（我的脑袋一片空白，我的思绪不得不自己寻找方向）并不在画上。在《处女·儿童·圣徒》前，克洛艾说她一直对西纽雷利的画很感兴趣。我便谎称自己非常喜爱安东内洛的《基督受难》，因为这样说似乎很合时宜。她若有所思地看着，沉浸在画中，全然忘却了展厅里的喧哗和人群来往。我在她身后几步远的地方跟着，努力想把精神集中到画上，但我无法领会它们的生动，只有从"克洛艾欣赏着油画"这样的情境，我才能了然它们的蕴涵。油画艺术通过克洛艾的生命，才在我眼中获得意义。

11. 后来在第二个意大利展室（1500—1600）时，人群更拥挤了。我们一度挨得很近，我的手都触摸到她的手了。她没有退缩回去，我也没有。以致有那么一刻（我们目不转睛地看着对面的画）我感觉克洛艾的皮肤似乎裹住了我的身体。我融化在一种兴奋中，沉浸在一种激动里。然而因为未经她的许可，这兴奋并非光明磊落，这激动也只属于窥淫癖。而她直直地盯着别处——尽管她也许并非全然不知。对面是一幅布龙齐诺的《维纳斯和丘比特的寓言》，丘比特吻着他的母亲维纳斯，维纳斯偷偷地拿走他的一支箭，美掩住了爱，象征性地解除了小爱神的威力。

12. 这时克洛艾移开手，转过身来说："我喜欢背景中的那些小人物，那些山林水泽边的小仙女、生气的众神和无名的小角色。你懂所有这些象征手法吗？"

"不太懂，只知道那是维纳斯和丘比特。"

"我甚至连那都不知道，你比我强多了。我要是多读些古代神话就好了，"她接着说，"我总是对自己说，要多读一些，却从来不抽时间去付诸行动。不过，我倒有些喜欢看那些看不懂的东西，就只单纯地看。"

她又转过脸去看画，她的手又一次拂过我的手。

13. 她的举动多少都在暗示点什么。这是一个空白的领域，你可以随意赋予它从欲望到单纯几乎任何一种意图。这是一个微妙的象征（比布龙齐诺的画更微妙、更少有形文本的证明）吗，允许我（有如画中的丘比特）有一天探过身去亲吻她，或并没有什么含义，不过是疲倦的手臂肌肉无意识的痉挛？

14. 一旦开始寻找互相吸引的种种迹象，心上人的每句话、每一个行动都会被视为饱含深意。我找到的迹象越多，发现里面的含义越丰富。克洛艾身体的每一个动作，似乎都含有喜欢我的潜在证据——她拉直裙子的方式（我们穿过北欧早期绘画展室时）；或她在凡·爱克的《乔瓦尼·阿诺费尼的婚礼》旁的咳嗽；或把目录递给我，用手支着头休息。当我靠近听她说话时，同样发现这里是线索的宝藏——她说她累了，让我们找张凳子休息一下，我从她的话语中解读出某种挑逗，我的解读有误吗？

15. 我们坐了下来，克洛艾伸伸腿，黑色长裤里面的腿向下逐渐变细，线条优美，没入一双平底鞋中。我无法用合适的词汇来描绘她的姿势——如果在地铁中某个女人的腿这样拂过我的腿，我不会有任何别的想法——理解一个意思并不贴近其本质的姿势是多么困难啊，只能通过前后联系，通过解读者（我是一个多么有偏向的解读者啊）来赋予它含义。对面挂着克拉纳赫的《丘比特向维纳斯申诉》，这北方的维纳斯高深莫测地俯视着我们，不知欲偷蜜糖的丘比特正可怜兮兮地被蜜蜂叮咬。爱神的手指被蜇伤了。画中充满象征。

16. 是欲望使我成为一个侦探，一个不懈的线索搜寻者。如果我少一点这情感的折磨，就不会注意那些线索；是欲望使我成为一个浪漫的偏执狂，要从一切事物中解读出意义来；是欲望将我变成一个符号解码员，一个地貌风景的释义者（因而是一个潜在的感情误置的受害人）。然而无论我怎样迫不及待，所有问题都有高深莫测的撩人魔力。这模棱两可不是灵魂的拯救，就是地狱的惩罚，需要我们守候一生，方能分清。我期待得越久，就越希望我期待的人儿尊贵高尚、非凡无比、完美无缺、值得期待。正是进展受到搁置，才增加了值得期待的内容，这是即时就得到满足的兴奋所不能给予的。如果克洛艾一下子就亮出底牌，游戏将失去魅力。无论我多么恼怒进展的搁置，我还是明白，事情需要保持不予言说的状态。最具有魅力的不是那些立刻就允许我们亲吻（我们很快会感到无趣）或永远不让我们亲吻的人儿（我们很快会忘记他们），而是那些忸怩地牵引着我们在这两极间期待的精灵。

17. 维纳斯想要喝点什么，所以她和丘比特向楼梯走去。在咖啡厅里，克洛艾拿了一个托盘，沿着铁围栏向前推。

"你要茶吗？"她问着我。

"要，让我来。"

"别这样，我来。"

"我请你。"

"哎呀，谢谢，八十便士不会让我破产。"

我们挑了一张可以俯视鸽子广场的桌子坐下。圣诞树上的灯光给城市的景色笼罩了一层不和谐的节日气氛。我们开始谈起艺术，而后又谈到艺术家，然后要了第二杯茶和一块点心，接着又谈起美，从美又谈到爱，这时我们不再转移话题。

"我不知道，"克洛艾说，"你信不信这世界存在永恒的真爱？"

"我想说的是，这是一件非常主观的事，认为世上存在一种可以客观验证的'真爱'是很傻的。要把激情和爱情、迷恋和爱恋或不管什么事物区分开来都是很困难的，因为一切取决于你所处的立场。"

"有道理。（停顿）你不觉得这个点心很难吃吗？真不该买。"

"是你要买的。"

"我知道。回到前面你问我的问题上吧，（克洛艾用手拂弄一下头发）严格地说浪漫是不是不合时代了？我是说，如果你直截了当地问别人这个问题，多数人肯定会回答是。但这不一定是真的，人们只是把它当作抵制自己真实欲望的策略。他们对浪漫有几分信，却装作不相信，直到有一天他们必须得相信，或被允许相信。我想如果可能的话，大多数人都愿意完全丢掉自己的玩世不恭，很多人只是永远没有机会而已。"

18. 我不理会她话语的表层意义，而是探究她的话外之音。她真正的意思没有直接表达出来，我在破译，而不是在倾听。我们谈论着爱情，我的维纳斯随意地搅动着已经冷却的茶水。但这次交谈对我们两人意味着什么？她所说的那些"多数人"指的是谁？我是那个能驱散她那份玩世不恭的男人吗？这场关于爱的交谈表明两个参与者之间是什么关系？又一次，我毫无线索。彼此小心翼翼，不让话语涉及自己。我们抽象地谈论着爱情，无视有待解决的不是弄清爱自身的本质，而是更急迫的问题，即，我们于对方而言，现在（以及将来）到底是什么关系。

19. 或者，这只是一个可笑的想法？除了吃去一半的胡萝卜蛋糕和两杯茶以外，桌上真的什么也没有？是不是克洛艾正像她所希望的那样抽象，表达的正是她真实的想法？这是不是与挑逗的第一法则——所言非所指——截然相反？当丘比特是一个如此有偏向的释义者时，当他所期望能成真的梦想是那么明显时，要保持冷静的头脑是多么困难啊！他是不是在强加给克洛艾一份只有他自己才感受到的情感？他凭着我渴望得到你这一想法，错误地得出相应的想法：你渴望得到我，是不是犯了那古老的错误？

20. 我们参照别人来定位自己。克洛艾有个工作伙伴总是爱上不适合自己的人，爱的信使在玩弄这位感情的牺牲品。

"我是说，为什么她要与一个比她笨三千倍的人待在一起，哪怕是一分钟？他甚至对她一点都不好。我跟她说过，那个人与她交往根本就是为了性。如果她的目的也是如此，那倒也无所谓。但显然她不是这样，因此她简直把两个人的生活都搞得一团糟。"

"听起来很可怕。"

"是呀，真让人难过。一个人得选择双方平等对待、彼此同等付出的关系——而不是一个只愿及时行乐，另一个人想要真正的爱情。没有平衡，认不清自己，或不明确自己想从生活中获得什么，或什么都不搞清楚，我想这就是痛苦的源泉。"

21. 我们尝试着给自己定位，猜测心上人给予我们的定义，我们以最拐弯抹角的方式行事。我们询问对方"一个人想从爱情中获得什么呢?"——这"一个人"体现了言语的微妙回避,避免涉及自己。尽管这种方式可能被当作游戏,却既重要又有用。这些疑虑、这种不加定论(是 / 不是?)存在一定的逻辑性。即便克洛艾有一天会表示说"是",这种先经 Z 再从 A 到 B 的过程也比直接的表达更为有利。它把冒犯一个不情愿的对象的风险减到最少,使心甘情愿的对象放松下来,更为舒缓地进入共同的渴望之中。那句伟大的表白"我喜欢你"所存在的危险,可以通过补上一句"但我并不想让你直截了当地知道……"来减少。

22. 我们进入了一场游戏,这游戏允许我们随时全身而退。它的主要规则就是,在进行过程中必须不留游戏的痕迹,两位参与者必须全然忘却游戏的存在。我们运用语言的普通词汇,赋予它们新的意义,拓展了符号和普通意义之间的张力:

　　　代码　"人们对爱应该少一些玩世不恭"
= 　信息　"为了我你放弃玩世不恭吧"

这种类似战争中使用的密码使我们能够想谈就谈,不必担忧自己或对方的欲望不被回应而遭受羞辱。如果纳粹指挥官突然闯进屋来,盟国情报员可以轻松地宣称他们只是在播送莎士比亚的作品,而不是在传输最敏感的文件(我渴望得到你)——因为克洛艾和我实际交谈的内容并没有将我们直接牵涉其中。如果诱惑的信号非常微弱，以至可以被否认（轻轻拂一下手或凝视的时间过长），那么谁能说我们甚至是在谈论诱惑？

23. 这是最好的方式；无论何时，对于两个通过语言进行漫长而又危险的跋涉去彼此了解的人来说，只有这种方式才会减少他们所冒的巨大风险：袒露自己的欲望，又目睹它惨遭拒绝。

24. 时间已经过了五点半了，克洛艾的办公室现在已经下班。于是我问她晚上是否真的没空和我一起吃饭。她笑了，瞥了一下窗外，一辆巴士开过圣马丁教堂，然后她回过头来盯着烟灰缸，说："是的，谢谢，确实不行。"就在我开始绝望的时候，她的脸羞红了。

25. 正因为羞涩最适于人们用来应对自己面对诱惑时的模棱两可，所以经常被援引解释欲望之所以缺少明显表征的原因。面对心上人模棱两可的信号，没有什么比把这不予应允理解为羞涩——渴望在心，但口难开——更好的解释了。羞涩暴露了一个耽于幻想的心灵，因为谁的行为举止中又总有羞涩的痕迹呢？仅只借由对方的脸红、默不出声或是局促不安的笑声确认它的存在，从而希望对方羞涩的诱惑者就永不会失望，这是傻子都会使用的简单方法。它可以让信号由无到有，能够将否定变为肯定，它甚至表明，易于羞涩的人比自信的人的欲望更为强烈，其强烈程度可以通过表情的难易程度来验证。

26.“天哪，我忘了重要的事情，”克洛艾说，从而给她的脸红以另外一个解释，“我今天下午应该给印刷商打电话的。该死，我简直不相信我竟然忘了。我都昏头了。”

仰慕者表示了同情。

“至于晚饭，你看，我们得另找一个时间了。我很乐意，真的。但现在确实不行，让我再看看记事本，明天给你电话，我保证。也许周末之前我们就能见面了。”

四　真　实

1. 我们自信不费吹灰之力，即可征服我们最不在意的人，但欲望中包含的郑重成分阻止了爱情游戏所需要的漫不经心，而且从心上人身上发现的完美所产生的吸引力，又会引发我们的自卑感，这些真是爱情中令人啼笑皆非的事情。我对克洛艾的爱恋意味着我不再能看到自身的价值。在她身边，我会是谁？她同意去吃晚饭，打扮得那么优雅（"这样穿行吗？"她在车上问，"但愿不错，因为我都换了五套衣服了"），更不用说还会愿意回答我一些毫无价值的话语（如果我的舌头还能转动的话），这些于我而言，难道不是最大的荣耀？

2. 那是在星期五的晚上，克洛艾和我坐在一家名叫危险的关系的餐馆角落的一张桌子旁。这是一家新开的法国餐馆，位于富尔汉街的尽头。再没有其他地方比这儿的环境更能衬托克洛艾的美丽：枝形吊灯的柔和灯影映在她的脸上，墙壁的淡绿色正如她淡绿色的眼眸。我似乎被坐在桌子对面的天使惊呆了，发现（就

在一阵热烈的交谈之后的几分钟）自己失去了一切思考或表达的
能力，只能默不作声地瞧着浆过的白色台布，机械地啜饮着一只
很大的高脚杯里面冒泡的水。

　　3. 因为感知到自卑，我需要获得一种自己本身并不具有的个
性：一种为了吸引对方而去迎合心上人的需求的自我。爱情是不
是在谴责我失去了自我？也许不是永久地失去，但是，严格说来，
至少在眼下这个阶段确实如此。意欲吸引她的想法使我不断向自
己发问：什么可以吸引她？而不是：什么吸引我？我会问：她怎
样看待我的领带？而不是：我认为自己的领带怎么样？爱情迫使
我以心上人的眼光来观察自己。不是问：我是谁？而是问：对于
她来说，我是谁？在思考这些问题时，我的自我不但束手无策，
而且毫无信心，失去主见。

　　4. 失去主见不一定就是可耻的欺骗或夸示。它只是在预先考
虑克洛艾可能想要的每一样东西，以便我可以迎合对方的兴趣。
　　"想喝点酒吗？"我问她。
　　"不知道，你呢？"她反过来问我。
　　"如果你想喝一点，我真的不在意。"我答道。
　　"随便你，你要什么都行。"她继续说。
　　"我也随便。"
　　"好。"

"那我们是要还是不要？"

"嗯，我想我不要。"克洛艾大胆地说。

"听你的，我也不想要什么。"我赞同说。

"那我们就不要酒吧。"她作出决定。

"完全可以，我们就喝水。"

5. 尽管保持真实的自我需要一个先决条件，即，能够不受他人的影响而获得稳定的个性，但那个夜晚还是让自我不再真实，而是根据克洛艾的喜好来自我定位、自我调整。她对男人的期待是什么？我应该根据什么品味和取向来调整自己的表现？如果认为保持真实的自我是个人道德的基本标准，那么爱的诱惑让我在道德考验中一败涂地。克洛艾头顶上方的广告招牌上陈列着一排排的酒，看上去味道不错。我为什么要掩饰自己想要喝的真实想法？因为与克洛艾只想喝矿泉水的要求相比，如果我选择酒，那么我的选择似乎会显得很不恰当，而且粗俗。为了迎合她，我分裂成两半，一半是真实的（想要喝酒）自我，一半是虚假的（想要喝水）自我。

6. 第一道菜来了。菜肴摆放得极其精致，就像地道的法国花园那样一丝不苟。

"太美了，简直不忍心吃它，"克洛艾说（我亦有同感），"我从来没吃过这么好的煎金枪鱼。"

我们开始用餐，惟一的响声是刀叉碰到瓷餐具的声音。似乎没什么要说的：这么久以来，克洛艾是我唯一的念想，但此刻，这念想又如何能与她分享？沉默是致命的指责。与毫无魅力的人共处时，沉默暗示对方令人厌烦；面对仰慕不已的对象时，沉默不语会让你相信，正是你自己了无意趣。

7. 沉默和笨拙也许可以得到谅解，可当作心怀仰慕的证据。一个人完全可以收放自如地吸引自己毫不在意的人，而最笨拙的人则可被认为是最真诚的，拙于言辞反而可以证明其真情实意（如果能用语言表达出来的话）。在小说《危险的关系》[1]里，梅特伊侯爵夫人写信给瓦尔蒙子爵，指出子爵的失误：他的情书过于完美无缺，过于逻辑严谨，不像真爱之士的心声。胸怀真爱的人，思绪凌乱，无法雕饰华丽的辞藻。语言在爱情面前无法自制，错误百出，因而欲望往往言辞朴拙（但那一刻我多么情愿把我的语塞换作瓦尔蒙子爵的辞采）。

8. 既然想要吸引克洛艾，那么关键在于对她要有更多的了解。如果尚不知该采纳哪种虚假的自我，我又怎能抛弃真正的自我？但这实非易事，了解一个人需要长久的体察和破译，从万千言语和动

---

1 《危险的关系》是十八世纪法国作家什台尔洛·拉克洛（1741—1803）于
　　1782 年出版的书信体小说。

作中梳理出完整的性格。不幸的是，其所必需的耐心和睿智却不为我这焦虑不安、情迷昏沉的头脑所有。我如同一个持简化论的社会心理学家一样行事，急于将人置于简单的定义之中，却不愿像小说家一样，用细腻的手法去捕捉人类天性中的多种质素。用完第一道菜，我慌乱地问了几个笨拙的、采访式的问题：你喜欢读什么书？（"乔伊斯、亨利·詹姆斯，如果有时间，还看一看《时尚 COSMO》杂志。"）你喜欢你的工作吗？（"你不认为世上所有的工作都令人讨厌？"）如果随便你挑，你会住到哪个国家去？（"这儿就挺好，只要不用换电吹风的插头，住哪儿我都行。"）周末你喜欢做什么？（"周六看电影，周日买点巧克力，对付晚上情绪低落。"）

9. 在这些笨拙的问题后面（每问一个，我就似乎更不了解她一些），我迫不及待地想提出一个最直接的问题："你是一个怎样的人？"（从而"我应该做一个怎样的人？"）但是这样直接的提问注定会一败涂地，我越是直截了当地追问，就越偏离我的目标；我只能知道她喜欢看什么报纸、听什么音乐，却不能明白她会是"一个怎样的人"——一个使"我"消除自我的提示者，如果有人需要它的话。

10. 克洛艾不愿谈及自己。也许她最明显的特征就是有些谦逊羞怯，惯于自我贬低。每当谈话涉及这个主题时，克洛艾总是用最严厉的词贬抑自己。她不再称自己为"我"或"克洛艾"，而是"像我这样的废人"或"极度神经质的奥菲莉亚奖得主[1]"。她这样做反而增添了吸引力，因为这种称呼似乎不是自哀自怜之人遮遮掩掩的诉求，也不属于"我太蠢了／不，你一点也不蠢"之类让人恍然大悟的自我贬低。

11. 她的童年缺少欢乐，但她淡然处之（"我痛恨童年的戏剧表演，因为那里面的约伯[2]看起来总像是有点昏昏欲睡"）。她出生于一个经济条件良好的家庭，父亲（"自他出生之日起就麻烦不断"）是大学老师，一位法律教授，母亲（克莱尔）曾一度经营过花店。克洛艾在家里排行居中，上下各有一个备受宠爱、完美无缺的男孩。她八岁生日刚过，她哥哥就患白血病死了，父母的悲痛转化为对女儿的恼怒：她在学校成绩很差，在家脾气又不好，居然能顽固地活下来，而他们的宝贝儿子却不能。她在负罪感中长大，为所发生的不幸自责，但她母亲却并未设法来缓解她的痛苦。母亲喜欢挑剔别人的致命弱点，并且紧追不放——所以克洛艾永远被拿来跟死去的哥哥比较，指责她在学校里成绩是如何不好，她是多么不善交际，她的朋友是多么不体面（都不是与事实特别相符的批评，然而每批评一次，就似乎真实了几分）。克洛艾转而向父亲寻求亲情，但父亲感情封闭的程度，就如他对自己的法律知识的毫不保留

1　奥菲莉亚，莎士比亚悲剧《哈姆雷特》中精神失常的女主角。
2　约伯，基督教《圣经》故事人物，备历危难，仍坚信上帝。

一样。所以他非但不能给予她所需要的父爱，相反，他会迂腐地
向她卖弄法律知识，直到克洛艾长大，由失望转为愤怒。克洛艾
公开反对他以及他主张的一切（幸亏我当初没选择法律行业）。

12. 在用餐的过程中，克洛艾只是略微提及了过去的男友：一
个在意大利干摩托车修理，曾经对她很不好；另一个因为携带毒品
被关进监狱，他们也就此结束，她曾为他怀孕；还有一个是伦敦大
学的精神分析学家（"你不要像弗洛伊德那样认为他代表着我的恋父
情结，不要以为我不会与他上床"）；再一个是路虎汽车公司的试车
员（"直到现在我都说不清为什么会看上他，我想是我喜欢听他的伯
明翰口音"）。但是她没有详细地描述这些人，因此我需要在脑海里
不断地调整她理想男人的模样。在谈论中她既有赞扬又有批评，从
而使我手忙脚乱地不断修改我理应表现的自我。她似乎一会儿称许
感情脆弱，转而又会诅咒它，赞同精神独立；她上一分钟把忠诚誉
为最高贵的品质，在下一秒又会认为外遇合理，因为婚姻更虚伪。

13. 她的观点是那么纷繁复杂，以致我有点患上了精神分裂
症。我应该释放自己的哪些个性？我怎样才能不与她生分，同时
不显出令人讨厌的枯燥乏味？我们吃着一道道菜（年轻的瓦尔蒙
感到一道道的障碍）。我发现自己试着提出一点想法，过后不久就
会微妙地加以修正，使之与她的想法一致。克洛艾的每个问题都
让人心惊胆战，因为答案不知不觉会包含有触怒她的内容。主菜

（我点的是鸭，她点的是鳟鱼）是一块布满地雷的沼泽地——我认为两个人应该互相保持独立吗？我的童年时代苦涩吗？我曾经真爱过吗？感觉怎样？我是比较感性的还是理性的？上次选举我投了谁的票？我最喜欢的颜色是什么？我认为女人没男人情绪稳定吗？

14. 为了避免自己的观点会疏远持异见之人，我的回答没有一点独创性。我只是根据自己对克洛艾的判断来调整自己的答案。如果她喜欢坚强的男人，我就装得坚强；如果她喜欢风帆冲浪，我就是一个风帆冲浪运动员；如果她讨厌下棋，我也就与象棋势不两立。在我看来，她对情人的看法可比作是紧身的套装，而我认为真实的自我却很肥胖，所以，那整个晚上似乎都是一个胖男人在努力想让一套太小的衣服显得合身。我得拼命把多余的赘肉塞进不合身的衣服里，紧缩腰身，屏住呼吸，防止衣料撕裂。如果我的动作不如往常反应自如，那么一点都不奇怪，一个被过瘦衣服缠身的胖男人如何能反应自如？他太害怕衣服裂开，不得不一动不动地坐在那儿，屏住呼吸，祷告上天保佑这个夜晚不出大祸，平安度过。爱情已让我瘫痪。

15. 克洛艾面对的却是一个不同的难题。到吃甜点的时候了，尽管只能挑选一种，她却期望有更多的选择。

"你要哪种，巧克力的还是焦糖的？"她问我（额头上出现不安的痕迹），"或者你要一种，我要一种，然后我们一起分。"

我对这两种都不感兴趣，因为当时消化不良，不过真正的问题不在于此。

"我喜欢吃巧克力，你不喜欢吗？"克洛艾问我，"我不能理解那些不喜欢巧克力的人。有一次我和一个男的出去玩，就是我跟你说过的那个罗伯特，我一直感觉跟他在一起不舒服，但不明白其中的缘由。后来我知道了，是因为他不喜欢吃巧克力。我是说，他不只是不爱吃，简直是厌恶它。你用棒子逼着他，他都不会碰一下。这种想法实在与我的习惯大相径庭，你说是吧。很显然，自那以后，我们只能分手。"

"既然这样，我们两种甜点都要，互相分着吃。不过你更喜欢吃哪种？"

"我无所谓。"克洛艾在说谎。

"真的？如果你真的无所谓，我就要巧克力，我简直太想吃了。你看见那下边的双层巧克力蛋糕了吗？我就点那个，看上去好像含有很多巧克力。"

"你这样就不对了，"克洛艾咬着下嘴唇，表情半是期待，半是羞愧，"不过，为什么不这样呢？这样好。生命太短暂了。"

16. 然而我又一次撒谎了（我开始听见厨房里公鸡的叫声[1]）。

---

[1] 《圣经》中耶稣被出卖时有一只公鸡叫起来，于是公鸡叫成为一切谎言、背叛和欺骗的标志。

四　真　实 Alain de Botton

044.

我一直都对巧克力有些过敏，但是眼下这情形，让我已经确凿地
认定，对于巧克力的热爱是与克洛艾和谐相处的首要标准，我又
如何还能诚实地表达自己的愿望？

17. 然而，我的谎言却适得其反，因为这对我的口味和习惯
的假设，必然比克洛艾的口味和习惯缺少存在的合理性，而克洛
艾肯定会被任何有悖于她的分歧所冒犯。我也许应该为自己和巧
克力编造一个动人的故事（"我最喜欢吃巧克力了，但是医生会诊
小组警告我说，如果我还吃，就会把命都丢掉。自此我已经戒了
三年了"），借此我也许能得到克洛艾的许多同情——但太冒险了。

18. 我的谎言尽管无可避免，也令我羞愧难当，但它倒给了
我启示，让我分清两种不同类型的谎言，为了逃避而说谎和为了
被爱而说谎。出于吸引他人的谎言迥异于其他谎言。如果我向警
察谎报我的车速，这谎言的动机非常直接：为了逃避罚款或逮捕。
但是为了被爱而说谎，则包含了更有违常情的假设：如果我不说
谎，我就不会被爱。这是一种态度，认为要富有魅力就得消除所
有个性（因此也可能会事与愿违），认为真正的自我不可避免地会
与心上人的完美发生冲突（因而配不上心上人的完美）。

19. 我说谎了，但是克洛艾就会因此更喜欢我了吗？她会伸
过手来握住我的手，或建议说我们回家，不吃甜点了吗？肯定不

会，由于焦糖的味道不好，她对我坚持要巧克力的行为表示了一定的失望，并且不假思索地加了一句：嗜好巧克力的人最终会与厌食巧克力的人一样有麻烦。

20. 吸引是一种表演行为，是从自发的行为向符合观众要求的行为的转变。但是，就如演员必须了解观众的期望一样，吸引者必须知道心上人想要听的是什么——因此，如果有确凿的理由反对为了被爱而撒谎，那么演员将不知道什么才能打动他或她的观众。表演行为惟一正当的理由是其具有实效性，而不出于本能。但是考虑到克洛艾性格的复杂，以及模仿行为的引诱力效果难测，所以不论我是诚实还是本能地行事，我吸引克洛艾的机会都不可能很大。看来，失去自我只是使我在性格和观点方面翻起滑稽的筋斗。

21. 目标的实现，往往是因为偶然性，而非来自事先算计。这是一个令充满实证主义和理性主义精神的吸引者沮丧的消息，吸引者相信，通过足够的细心观察和完全科学的研究，就能够发现相爱的法则。吸引者开始行动，希望找到爱情之钩，把心上人钩入彀中——一种微笑、一个观点，或拿餐叉的一种姿势……不幸的是，尽管人人都有爱情之钩，但如果在吸引对方时碰巧奏效，更多的也是出于偶然，而非通过算计。克洛艾究竟做了什么使我爱上她？我爱她向侍者要黄油时令人赞美的姿态，我爱她认可我对海德格尔《存在与时间》一书的价值的看法。

22. 爱情之钩显然不符合一切逻辑的因果法则，而具有一种极其独特的品性。有时我会碰到一些女性有意吸引我，但她们积极的手段最终却无法让我成为裙下之臣。我容易因了一些全不相干或完全偶然的因素萌生爱意，但那个吸引我的人却对此全然无知，不加以利用这富有价值的资本。曾经有一次，我爱上一个上唇微微有些绒毛的女人。换作平常我会感到很厌恶，但这次我却奇迹般被迷倒。她亲切的微笑、金色的长发或是聪慧的谈吐都不及这个特征更能激发我强烈的情感。当我与朋友谈起自己对她的迷恋时，我努力表明是由于她身上拥有一种不可言传的"气质"——但是我无法否认，事实上我只是爱上她毛茸茸的上唇。后来当我再一次看见她时，肯定是谁建议她用了电烫除毛，她上唇的绒毛不见了，（尽管她有许多好的品质）我的热情也很快随之消退。

23. 我们回伊斯灵顿时，尤斯顿路的交通依然拥挤。我早就想好要送克洛艾回家，但是一个两难的问题（吻别，还是不吻别）沉重地压在心头。从诱惑的某些方面来说，演员要冒着失去观众的危险。诱惑方可以通过模仿行为来迎合，但是这个游戏最终需要对方定义成败，甚至在进行中得冒着心上人生疏我们的危险。一个吻将会改变一切，两个人皮肤的接触必然会不可逆转地改变我们交往的进程，结束谈话语义迷离的阶段，承认潜台词。然而，当我们到达利物浦街 23A 号门前时，因为害怕错误地解读了她的意图，我认为提议去喝一杯富有寓意的咖啡的时机还没有到来。

24. 但是在吃完这样一顿紧张而富含巧克力的晚餐之后，我的肚子突然有了一种截然相反的需求，我不得不请求进到她家里去。我跟着克洛艾上楼，进入起居室，直奔卫生间。几分钟后，我出来了，想法没有改变。一个男人经过深思熟虑，找到所有理由，决定克制还是上策，让几个星期以来的狂热幻想埋在心底。我拿起外套，对心爱的人说，今晚我过得非常愉快，希望很快再见到她，圣诞假期后就给她打电话。满意于如此沉稳的告别，我吻了她的两颊，祝她晚安，随即转身欲离开她的住所。

25. 面对此时的情形，幸运的是，克洛艾不是那么容易被说服，她抓住我领带的末梢，阻止了航班的离去。她把我拉回房间，双手环拥着我，定定地看着我的眼睛，先前说起巧克力时忍住的笑这时方才露出，她轻声呢喃："你知道，我们都不是小孩。"

26. 随着这句话，她的唇落在我的唇上，我们开始了人类历史上最长久最美好的亲吻。

五 灵与肉

1. 鲜有事物能如思索一般与性爱相对立。性爱是肉体的产物，它无须思索，只求狂欢，直截了当，从理智的束缚中解脱出来，让肉体的欲望得到彻底的满足。与它相比，思索显得病态满面，病态地要求恢复秩序，是心灵不能屈从于肉欲洪流的标志。对我来说，做爱时还在思索，这违背了交合的基本法则。我甚至无力为肉体堕落前的无思维保留一块领地，我犯下了罪过。然而，我还有别的选择吗？

2. 这是最甜美的吻，包含了对吻的所有梦想。我们更用力地挤压，双唇分开，然后又贴近吮吸，无声地表达渴望。我的双唇有时滑离，拂过克洛艾的脸庞、鬓角、耳廓，轻轻地揉擦抹拭，温柔地试探进袭。我们的皮肤发散出独特的芳香。她更紧贴我的身体，我们的双腿绞在一起，在眩晕中我们互相搂抱着跌进沙发，发出笑声。

3. 如果说有什么能够打断这伊甸园的欢乐，那就是心灵，或者更明确地说，是思索——思索着这一切对我来说多么奇异：躺在克洛艾的起居室里，双唇触摩她的双唇，双手抚过她的身体，感受她肉体的温热。毕竟这模糊的境地、这热烈的亲吻来得过于突兀，如此出乎预料，以至我的心灵还不想退出，不想让肉体彻底放纵。对这个接吻而非接吻本身的思索，使我的心神几乎游离克洛艾。

4. 我禁不住在想，几小时之前，这个女人的身体还是完全不可窥视的禁区（只是从她衬衣的线条和裙子的轮廓展露一点），现在却要展示给我她最隐秘的部分，而且是远在（因为我们都正好生活在这样的时代）她展示灵魂中最隐秘的部分之前。尽管我们已经详尽地交流过，然而我感到白天的克洛艾和夜晚的克洛艾并不一致；我抚弄她的私处所体现的亲密，与我对她大半生活的无所知晓并不相称。但是这些想法与我们无法喘息的肉体互相交织，似乎粗鲁无礼地违背了欲望法则；似乎带来了一种令人不太愉快的客观性；似乎在屋子里还有一个第三者在观望，在审视，也许甚至在评判。

5. "等一下，"当我解开她的衬衣时，克洛艾说，"我去把窗帘拉起来，我可不想整条街都看到我们。或者要不到卧室里去吧，那里更宽敞些。"

我们从窄小的沙发中挣脱出来，穿过暗暗的走道，进入克洛艾的卧室。一张白色的大床摆在当中，上面高高地堆着垫子，摞着报纸、书本和一个电话机。

"对不起，乱糟糟的，"克洛艾说，"公寓的其他地方只是给别人看，我真正的生活在这儿。"

在所有这些堆积物上面摆放着一个动物玩具。

"来见一下格皮——我的最爱。"克洛艾说着，递给我一头灰色皮毛的大象，这大象的脸上没有露出一丝嫉妒。

6. 克洛艾在清理床铺时，她和我都感觉到一种奇特的尴尬，肉体一分钟之前的热切渴望消失了，随之而来的是一片沉寂。这沉寂表明我们是那么不习惯自己的赤身裸体。

7. 因此，当克洛艾和我在白色的大床上互相脱去衣服，借着小小的床头灯的光线，第一次看着对方赤裸的身体时，都试图显得自然而不拘束，就如亚当和夏娃在堕落前那般。我的手在克洛艾裙子下游移，她愉快而轻松地解开我的裤子，好像注视彼此截然不同的迷人私处并不令我们感到奇怪。我们进入心灵让位给肉体的时刻，进入心灵必须消除一切思想、只留激情的时刻，进入没有判断、只有情欲的时刻。

8. 然而，如果还有什么可能妨碍我们这缺少思索的激情，那就是我们无处不在的笨拙。两人一起倒在床上，我笨手笨脚地剥

052.

不下克洛艾的内裤（一部分缠在她膝盖上），她怎么也解不开我衬衣的扣子——但是我们都克制着不去引导对方，甚至忍住不笑，而用最热切、充满极度渴望的眼神注视着彼此，似乎没有意识到这一切具有潜在的滑稽的一面。我们半裸着坐在床沿上，红着脸，就像犯了错误的学生。是笨拙的举动让克洛艾和我意识到，这一切既幽默又希奇古怪。

9. 回想彼时，我们在床上的笨拙举动显得很滑稽，活像闹剧。然而就动作本身而言，它则是一场小小的灾难，并不受欢迎，妨碍了炽热拥抱的直接顺畅。激情做爱的神话认为，肉体的交合应该避免微小的阻碍，例如手镯卡住、腿部痉挛，或是在努力达到兴奋的顶点时弄疼了对方。分开缠绕的头发或肢体只会让理智不可避免地惊扰欲望。

10. 如果心灵一贯受到谴责，那是因为它拒绝退出非理智的领域。卧室里的哲学家与夜总会里的哲学家一样荒谬滑稽。在这两种境况中，肉体都占主导地位，而且极其敏感，心灵则成了无言的器官，漠不相关的判断。思索的背信弃义在于它的幽然独处——"如果有什么事你不能对我述说，"心上人说，"有什么事情你需要独立思考，那么你还真正把我放在心上吗？"正是对思索带来的距离感和超然的仇恨销蚀了理智的光辉，这理智不只是恋人的对头，也是国家、事业和阶级斗争的敌人。

11. 传统的二元论认为，思想家和恋爱者处于事物对立的两端。思想家思索爱情，而恋爱者则单纯地去爱。当我的手指和嘴唇抚过克洛艾的身体时，我没有思索任何严肃的问题，因为担心我的思索会干扰了克洛艾。思索寓含着判断（我们都那么偏执，以至会做出否定的判断），所以在卧室里时，当赤身裸体令我们的脆弱暴露无遗时，我们总是心存疑虑。集中在私处的形状、颜色、气味，以及动作上的情绪反应，意味着所有评价性判断的痕迹都必须消除。因此，呻吟掩盖了情人们的思索之声，这呻吟确证了一个信息：我太激动了，以致不能再思索。我亲吻，所以我没有思索——这是一句冠冕堂皇的谎言，肉体的交合在它的掩盖下进行。卧室成为隐秘的空间，身处其间的情人们心照不宣地同意，不去提示对方那个令人恐惧的念头：我们都是赤裸的。

12. 人类有一种独一无二的本领：自身能够离析为二，能够一边行动，一边做自己行动的观者——从这个分裂中，反省出现了。但是，过分的自我意识其缺点在于，不能将分裂开来的观看者和实施者融合到一起，不能一边参与，一边忘记自己的参与。就好比卡通片中的人物高高兴兴地冲出了悬崖边，却还在空中奔跑，直到发现自己脚下一片虚空，才摔落下来跌死。与具有自我意识的人相比，无自我意识的人是多么幸运啊。他们没有主观／客观的分裂，没有被镜子映现的感觉，没有第三只眼睛无休止地发问、评价，或仅只是注视着那个核心的自我（正吻着克洛艾的耳廓）在蠢蠢而动。

13. 有一个故事，说的是十九世纪时的一个纯洁的年轻女子。在她结婚那天，妈妈警告她说："今晚，你的丈夫将会像疯了一样，但是你会发现，早晨到来时他已经恢复正常。"思索之所以令人愠怒，正是因为它标志着当他人喘息不止之时，自己得保持清醒的头脑，不可陷入必要的疯狂。

14. 当我们处于马斯特斯和约翰逊[1]所谓的高潮期时，克洛艾仰头看着我，问道："苏格拉底，你在想什么？"

"什么都没想。"我回答说。

"胡说，我能从你眼中看到，你笑什么？"

"听我说，没有什么，或什么都有，万事万物。你、这个夜晚、我们最终睡在这儿，这一切让人感觉多么奇怪又多么舒服。"

"奇怪？"

"不知道，是啊，感觉奇怪，我想我对事物有幼稚的自我意识。"

克洛艾笑了。

"什么东西那么好笑？"

"转过来一下。"

1　马斯特斯（1915—2001），约翰逊（1925—2013），分别为内科医师和心理学家，美国性学研究者，共同提出人类性反应机制过程。

"干吗？"

"你转过来就是了。"

在房间的一边，一面大镜子挂在一个五斗柜上方，镜子的角度正好使克洛艾可以从中看见我们两人互相缠绕着躺在床上。克洛艾一直在看着镜子里面的我们吗？

"对不起，我本来应该告诉你，只是我不想说，这是我们的第一个夜晚，我怕你吓坏了。不过你看一下，快感会倍增的。"

15. 克洛艾把我拉到她身上，分开双腿，我们又开始舒缓地动起来。我朝房间那边看去，看到镜中的两个人缠绕在被褥和互相的手臂中做爱。过了一会儿，我才意识到那就是克洛艾和我。我们的动作在镜子里和现实中最初有些不一致，观看者和实施者不能合二为一，这是一种令人愉悦的差异，而非自我意识偶尔所暗示的主体和客体之间会带来严重损害的距离。镜子把克洛艾和我的动作客观化，在这之中传达给我一种刺激：我们既是交欢的实施者，又是交欢的观看者。一个男人（他的伴侣此刻将腿放在他的肩头上）和一个女人做爱的情欲画面构成了，受到这种激发，灵与肉融为一体。

16. 心灵永远不能离开肉体。认为灵与肉可以互为独立的想法是幼稚的。因为思索并不总是只意味着判断（或不去感受），思索还给人留下自己的空间，琢磨他人、产生共鸣、将自己带到肉

056.

体之外的地方，成为他人的肉体，感受他人的快感，体会他人的冲动，和他人共赴高潮，为他人达到兴奋顶点。没有心灵，肉体只能思索自己和自身的快感，于是也就不能携手共至巫山之巅，不能觉察他人的情欲线路。一个人必须要去思索那些自己没有感受到的东西。正是心灵带来了和谐一致，造成了脉动。如果让肉体任意行事，那么就只会一边是意乱情迷的丈夫，另一边是惊恐的圣洁处女。

17. 在克洛艾和我似乎只是被欲望支使的同时，做爱其实还是一个控制和调整的复杂过程。用技巧和理智努力使高潮同时到来，肉体的放纵体现在高潮之中，这二者之间的难于调和也许显得具有讽刺意味，但只有现代的观点才认为做爱仅只是肉体、因而也是本能的满足。

18. 有一个矛盾玷污了关于本能的思想：本能（如同黑格尔所谓的密涅瓦[1]的猫头鹰）的神话只有当本能不再存在时才会到来，它体现了对原始主义的怀念和对失去的能量升华了的哀悼。在一个对自然的冲动着迷的非自然的世界里，性学家呼吁高潮，以重新确认人类与现在较可接受的狂野之间的联系，但是除了留

　　1　密涅瓦，司智慧、艺术、发明和武艺的女神，相当于希腊神话中的雅典娜。

下无效的武断语句，他们一无所获。(《性的愉悦》[1]这个快感法西斯主义的不朽文本曾庄重地、语调愉快地向读者建议：

"为了准备活动和高潮的到来，手掌平放在阴户上摩动，中指按在阴唇之间，指尖在阴道中来回抽动，掌心近腕端处紧压阴阜，这也许是最佳的方法。")

19. 克洛艾和我倾情进行的节律抽动很快到达了顶点。大量的分泌液润滑着我们的爱具，我们的头发汗湿了，在极度的快感中，我们情智迷乱地凝望着彼此，灵与肉此时合二为一（故作正经之徒们却一直不懈地想析一为二），就如死亡时的合二为一一般。这是一个没有时间的空间，压缩同时又膨胀，千变万化，形态万千，是世间的极致，所有语句和法则都无法描述；被压抑的言辞迸发成尖叫，意思不明，无关政治，毫无禁忌，只属于转瞬即逝的领域。

---

1 《性的愉悦——做爱行家指导》，阿莱克斯·考富特著，四一图书公司1989年出版。

六 马克斯[1]主义

1. 当我们从单恋者的角度审视自己爱恋的人（一个天使），想象和他们厮守在人间天堂的无限幸福时，我们易于忽视一个重大的危险：如果他们开始回应我们的爱，那么他们的吸引力也许很快就褪色消逝。我们之所以去爱，是因为希望借心上人的完美——美丽、聪慧、诙谐——来逃避我们自身的弱点——丑陋、愚蠢、呆滞。但是如果这样一个完人有一天决定来回爱我们，那么又将是怎样的情形？我们只能有些震惊——品位如此之低，竟然看上我们，他们怎么可能如我们希望的那样完美？如果为了爱，我们必须相信心上人在某些方面胜过我们，那么他们同样以爱回应我们难道不是一件残酷的背谬之事吗？我们被引向这样的疑问：她／他真的那么完美吗？她／他怎么可能会爱上我这样的人呢？

2. 对于人类心理学专业的学生来说，再也找不到比第二天早晨更丰富的研究案例了。但是，克洛艾迷迷糊糊醒来之后还有其他的事要先做：她在隔壁的浴室里冲洗头发，我醒来听到水冲击瓷砖的声音。躺在床上，我把自己裹入尚保存着她的形体状的被褥里，浸没在她的气息中。这是一个星期六的早晨，十二月的第一缕阳光透过窗帘，射进房间。我打量着这屋子，是查看者，也是偷窥者；是爱恋者，也是被爱恋者的人类学家，为她所展示的每一点修养而神魂颠倒。我蜷曲着身体，躺在她的卧房里、她的床铺上、她的被单下，瞧着这些构成她日常生活的物品，盯着她每天清晨醒来时面对的四壁、她的闹钟、一袋阿司匹林、床头柜上的手表和耳环，这对我来说是一种特权。爱意就是通过兴趣及迷恋来证实其存在的，感兴趣于克洛艾拥有的一切，迷恋于我发现的一种无限丰富、每天都有巧手在创造奇迹的生活中的诸多实物标志。在一个角落，有一个嫩黄色的收音机，一幅马蒂斯[2]的油画靠在一把椅子边，她昨晚穿的衣服挂在镜子旁的壁橱里。五斗橱上有一叠平装书，旁边是她的手袋、钥匙，一瓶矿泉水和那只格皮象。爱屋及乌，我迷恋上她拥有的一切，所有这些看上去都那么完美、趣味高雅，与平常从商店里买来的迥然相异（尽管不久前我曾在牛津大街看到过一模一样的收音机）。这些都是隔壁浴室里正在洗发的美人鱼的化身和情欲的替代物，成为我恋物的对象。

1　本章提到的马克斯是指美国著名喜剧演员格罗克·马克斯（Groucho Marx 1895—1961），他与哈波·马克斯、契科·马克斯在二十世纪三十年代组成马克斯兄弟喜剧团，在西方享有盛誉。

2　马蒂斯（1869—1954），法国画家、雕刻家和版画家，野兽派领袖。

3. "你一直在试穿我的内裤吗？"过了一会儿，克洛艾裹着蓬松的浴巾，头上包着一条毛巾从浴室里走出来，问道，"在干吗呢？现在该起床了，我得收拾床铺了。"

我叹着气，嗬嗬啊啊地边打哈欠边从床上起来。

"我要去准备早餐，你干吗不利用这个时间冲个澡？壁橱里有干净毛巾。来，亲我一下。"

4. 浴室是另一个奇妙未知的世界，满是瓶罐、洗液、药剂、香水，是她身体的圣殿，我的参观成了水淋淋的朝觐。我一边冲洗头发，一边像只土狼一样在水花下嚎歌。擦干身体后，又用克洛艾拿给我的新牙刷刷牙。十五分钟后当我回到卧室时，她已经去准备早餐了，房间收拾得整整齐齐，窗帘也拉开了。

5. 克洛艾做的不只是吐司，她简直准备了一顿早宴。一篮羊角面包、橙汁、一壶新煮的咖啡、鸡蛋、吐司，桌子中央还摆放了一大盆红黄相间的鲜花。

6. "你太了不起了，"我说，"我冲澡穿衣这一会儿你就把这些都弄好了。"

"因为我不像你那么懒。来吃吧，别让东西都冷了。"

"你真好。"

"废话。"

"你可别顺杆儿爬。我可不是每天早上都饭来张口。"我说着，用手臂揽过她的腰。

她没有转过身来，而是把我的手放在她的手里紧攥了一会儿。

"别臭美了，我又不是专门为你做的，我每个周末都这样吃。"

我知道她在说谎。她一向为自己模仿浪漫而不显得多愁善感、讲究实际但又心境淡泊感到自豪。然而在她的内心深处，却完全相反，她是理想主义者，爱梦想，愿付出，深深地着迷于被她口头上斥为感伤多情的一切。

7. 从这美好而缠绵的早餐中，我意识到一些也许再明显不过但又出乎我的预料、让我深感复杂的事情——克洛艾开始对我产生了我很早就对她怀有的那种感觉。客观地说，这想法并没有什么异乎寻常之处，但当我倾心于她时，我几乎完全忽视了自己的爱会得到回应的可能性。这并非令我不高兴，我只是不曾考虑过这一点，我关注的是去爱而非被爱。如果说我注重的是前者，那么也许是因为被爱在两者中总是更为复杂。丘比特箭的发射比接收更容易，给予比接受更轻松。

8. 就是这接受的困难导致了我在早餐时候的情绪波动。尽管羊角面包是地道的法国风味，咖啡也芳香无二，然而负载在它们之上的关注和深情却让我心乱如麻。昨夜克洛艾已向我敞开了她的胴体，而今晨她又向我打开了她的厨房，但是我却有挥之不去的心神不宁（这甚至到了恼怒的边缘），甚至产生了一个模糊不清的念头："我凭什么得到这些？"

9. 只有当人们知道自己是另一个人的所爱时，才会既欣喜若狂又惊恐不安。如果完全没有认识到自己值得爱恋，那么接受他人爱情时的感受，与被授予了巨大的荣誉却不知这荣誉的凭借没什么两样。无论我怎样深爱着克洛艾，她对我的关爱还是让我有些心慌意乱。有人把这视为是对自己长久以来的疑虑不定的一种首肯——他们生来就值得爱恋。然而于那些缺少信心的人而言，他们则不敢轻信这爱的垂青。由于自己错误地向这一类人献了殷勤——准备早餐，所以不幸的情人们就得承受这殷勤招致的责难。

10. 争论的内容只是借口，并不重要，重要的是争论带来的不适。我们的争论从草莓酱开始。
"有没有草莓酱？"我边问克洛艾，边在堆得满满的桌子上找。
"没有，不过有木莓酱，行吗？"
"不太喜欢。"
"噢，还有黑莓酱。"
"我讨厌黑莓酱，你喜欢？"
"是呀，为什么不喜欢？"
"太难吃了。难道没有像样的果酱了吗？"

"我不这么认为。桌子上有五瓶果酱，恰好没有草莓的。"

"我知道。"

"为什么你那么苛求呢？"

"因为我讨厌早餐没有像样的果酱。"

"但是这些挺好呀，只不过正好没有你要的。"

"商店远不远？"

"干什么？"

"我去买点儿来。"

"看在上帝的分上，坐下来吧，如果你现在去，这些东西都会冷的。"

"我非去不可。"

"为什么？如果吃的都冷了怎么办？"

"因为我要果酱，这就是原因。"

"你什么毛病？"

"没有，怎么啦？"

"你简直可笑。"

"我才不呢。"

"你就是可笑。"

"我只是想要果酱。"

"你怎么就这么讨厌？我为你准备了这么多吃的，可你所做的却是对果酱吹毛求疵。如果你真的想要你的果酱，就滚出去，到别人那里去吃吧。"

11. 一阵寂静，克洛艾的眼睛黯淡了。她突然站起来走进卧室，砰的一声关上门。我坐在桌边，听见她好像哭了。我感觉自己就像一个白痴，竟然伤害这个令我痴迷的女人。

12. 没有回应的爱情也许痛苦难耐，但却是一种安全的痛苦，因为它只会伤及自身而无害于他人，是自我导致的个人痛苦，甘苦交织。但是一旦爱情得到回应，那么人们就必须准备放弃仅仅是被动地受到伤害，而承担起去伤害自己的责任。

13. 但是责任可能成为最大的负担。我因为伤害了克洛艾而对自己产生的厌恶，瞬息之间转化为对她的反感。我恨她为我做的一切，恨她轻易相信我，恨她允许我令她难过。她给我她的牙刷，为我做早饭，以及在卧室里开始像孩子一样地哭泣，突然之间似乎显得过于多愁善感，几乎令人生厌。我恨她使我还有我的情绪产生了这种敏感，我的心头充满了因为自己敏感这个缺陷而想惩罚她的念头。

14. 是什么使我成为这样一个怪物？是因为我一直属于马克斯那号人。

15. 马克斯曾演绎过一个经典笑话，他笑话自己不会加入那些愿接纳他这种人为会员的俱乐部。这是一个既适合俱乐部会员，又适合爱情游戏的真理。马克斯主义者的可笑之处，在于其荒唐的矛盾性：

> 我怎么会既希望加入俱乐部，
> 但当希望实现时又不想加入了呢？

> 同样，
> 我怎么会既希望克洛艾爱我，
> 但当她爱我时我又恼怒至极呢？

16. 也许是因为有一种爱情源于一种念头，即，希望通过爱的结盟，和美丽而强大的上帝、俱乐部、她／他的结盟，使我们能够摆脱自己的弱点。但是一旦我们得到爱的回报（如果上帝回应我们的祷告，如果成为俱乐部的会员），我们则被迫回头审视自己，并进一步审视对方那些曾经让我们生发爱意的美好之处。也许我们寻找的根本不是爱，只是一个值得我们信赖的人，然而如果我们爱的人转而信赖我们，我们又怎可再继续信赖他们？

17. 我不知克洛艾有何理由把我这样的坏蛋作为她情感生活的中心。如果她对我有一点爱意，难道不仅仅是因为她错误地理解了我？这是典型的马克斯主义者的思想：渴望爱情，但又不可能接受爱情，因为害怕当心上人真实的自我显露出来时，接踵而

来的将是失望——一个通常早已产生（也许早在父母怀中之时）
但会继续投射到将来的失望。马克斯主义者感到他们的中心自我
是那样的无法接受，以至亲密一定会暴露出其骗子的真实身份。
因此，如果爱肯定会随之消失，为什么还要接受爱的恩惠呢？*如
果你现在爱我，那只是因为你没有看到完整的我，马克斯主义者
认为，但如果你没有看到完整的我，而我却还要努力习惯你的爱
直到你看到的那一天，那真是疯了。*

18. 由于这些原因，正统的马克斯主义者的结合，建立在感
情不平等交换的基础之上，并且依靠这个基础维持下去。尽管从
无回报的爱情的立场看，他们希望看到自己的爱得到回应，但马
克斯主义者潜意识中宁愿他们的梦想停留在想象的领域，宁愿自
己的爱只为人所知即可，宁愿心上人不要过于频繁地打来电话，
或宁愿大多数时候不能得到心上人的感情，这与他们的价值观一
致——凭什么他人给予的评价要高于自我评价？如果心上人碰巧
认为他们相当不错（与他们上床、对他们微笑以及为他们做早
饭），那么马克斯主义者第一个冲动可能就是打破这田园诗般的情
境，不是因为它让人讨厌，而是因为自己不值得拥有。只有当心
上人把他多少看作是微不足道的人时，这个马克斯主义者才能继
续把心上人看作几乎是他的一切。对心上人来说，一旦开始去爱，
他们就将不幸地与坏蛋联系到一起，会直接玷污他们的完美。如
果克洛艾与我上床、对我很好，从而让我降低了对她的尊重，那

么不也可能是因为她在此过程中受到了我的传染，危险地亲近了一个马克斯主义者。

19. 我经常在他人身上看到马克斯主义在发挥其影响。十六岁时，我爱上了一个十五岁的女孩。她既是学校排球队的队长，长得很漂亮，又是一个坚定的马克斯主义分子。

"如果哪个男人说他将在九点钟打电话给我，"有次在学校餐厅里我给她买了一杯橙汁，她边喝边告诉我，"并且真的在九点钟打了，那么我会拒绝接听电话。他那么急切地盼着什么？我只喜欢那种让我等待的人，如果九点半打过来，我就愿意为他做一切。"

那个年龄的我对她的马克斯主义可能已经有了一种直觉的领会，因为我至今还记得自己当时使劲装出毫不在意她的一切言行。几周后我的奖赏来了，我们第一次接吻了。但是尽管她美丽迷人（以及她对爱情技巧的熟练不亚于她排球技术的高超），我们的关系并没有持续下去。我发现总得找理由晚一些打电话真是令人讨厌。

20. 几年后，我认识了另一个女孩，她（像一个坚定的马克斯主义者）认为男人想要得到她的爱，就应该在某种程度上与她针锋相对。一天早晨，在和她到公园散步之前，我穿上了一件特别让人讨厌的铁蓝色旧套衫。

"有一点可以肯定，你这样子我不会和你一起出去的，"索菲亚看着我走下楼梯，叫道，"如果你认为我会和穿这种套衫的人在一起，那你真是开玩笑。"

"索菲亚，我穿什么衣服有什么要紧？我们只是到公园里散步。"我虽然嘴上这么说，但还是有些害怕她是当真的。

"我不管去哪儿，我跟你说，除非你把衣服换了，否则我不会和你去公园的。"

但是我倔脾气来了，就是不按照她说的去做，和她激烈地争论着，最后我还是穿着那件令她讨厌的衣服，和她去了皇家医院公园。到公园门口时，一直有些愠怒的索菲亚突然打破僵局，挽起我的胳膊，吻了我一下，她的话也许可以让我们认识到马克斯主义的本质："别担心，我不气你，我喜欢你坚持穿这件讨厌的旧衣服。如果你照我说的去做，我会认为你过于软弱。"

21. 因此，马克斯主义分子的诉求自相矛盾："拒绝我，那么我就爱你。不要准时打电话给我，那么我就吻你。不要和我上床，那么我就崇拜你。"如果在园艺领域对之进行阐述，那么马克斯主义就是一个情结：对面的草坪总是更绿。我们站在自家的园子里，却贪婪地盯着邻居家的绿地（或克洛艾的美目或她梳头的方式）。并非邻居家的草坪确实比我们自己的更翠绿茂盛（也即克洛艾的眼睛并非必定比旁人的更美，或同样的梳子并非不能梳理出同样的效果），草坪之所以显得更绿，让人喜爱，只是因为它不为我们所有，而是属于邻居，没有沾染上我。

22. 但是如果邻居突然之间爱上我们，向市政会申请拆除两家中间的围墙，又会有怎样的结局？这难道不会威胁我们对草坪的妒忌？邻居家的草坪难道不会逐渐失去吸引力，看上去如我们自己的一样枯萎破败？也许我们寻找的不一定是更绿的草坪，而是并非为我们拥有从而可以赞赏的草坪（不论它的好坏）。

23. 被人爱恋使人们意识到，他人与自己有一样的需要，当初正是因为这种需要，我们才会去爱。如果我们什么都不缺乏，那么就不会有爱的生成。但矛盾的是，他人也有同样的需要，这令我们恼怒无比。本希望在另一个人身上找到答案，结果发现他们面临同样的难题。我们意识到他们也需要一个偶像，我们明了心上人不能逃脱与我们类似的无助感。为了承担起拯救和被拯救的双重责任，我们被迫不再幼稚被动地躲藏在上帝般的赞赏和崇拜中。

24. 阿尔伯特·加缪[1]说，我们爱上别人是因为从外部看，他们是那么完整如一，肉体是完整的，情感是"统一"的，而我们主观感觉自己是那样的涣散和迷惘。我们缺乏思路清晰的表述能

1　阿尔伯特·加缪（1913—1960），法国小说家、戏剧家、评论家。

力、稳定的个性、坚定的方向、明确的主旨，因而幻想他人具备
这些品质。我对克洛艾的爱慕中不正包含着这种幻想吗？从外部
看（床笫之欢以前），她有很好的自控能力，拥有明确而稳定的性
格（见图 6.1）；但是肌肤之亲后，她在我眼中则脆弱不堪、易于
崩溃、精神涣散、内心贫乏。这不正是尼采学说中的自我吗？因
此也是鲍勃·迪伦[1]在泪水流淌下来时欢唱"（今夜）别为我心碎"
的回声。

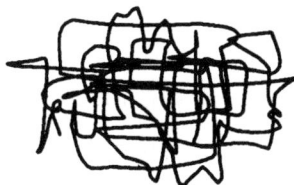

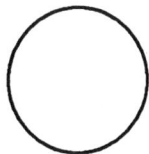

主观的混乱   克洛艾被想象成的完整

图 6.1

25. 对马克斯主义分子来说，非平衡是行为的准则，于是，
被爱之人必须给马克斯主义分子恰当的平衡，在过分软弱和过分
独立之间保持平衡。克洛艾的泪水使我惊愕，因为它们无意中提
醒了我自己对她的敏感。我惧怕自己不能摆脱对他人的依赖，同
样，我也指责克洛艾逃脱不了这种依赖。然而，无论脆弱存在怎
样的问题，当我见识了那些用傲慢的冷漠否定自己需要爱人的女

1　鲍勃·迪伦（1941—　　），美国民谣歌手、诗人，2016 年诺贝尔文学奖
　　获得者。

人时，我知道独立同样是个问题。克洛艾有一个艰难的任务：为了让我有所依赖，她不能太脆弱；为了否定我的脆弱，她又不能太独立。

26. 西方思想中有一个悠久而阴森的传统，这个传统认为爱最终只能被认为是一种无法得到回应的东西，是一种倾慕，是马克斯主义分子的行事，看到爱情得到回报的可能越渺茫，欲望就越旺盛。根据这个观点，爱只是一个方向，不是一个地点，达到目的，拥有被爱之人（在床上或以其他方式得到）后则会自行销蚀。十二世纪普罗旺斯行吟诗人的所有的诗歌主题都是基于性爱的延迟，诗人反复倾吐濒临绝望的男子的幽怨，因为他们已经多次被自己爱慕的女人拒绝。四个世纪之后，蒙田[1]对于爱的产生发表了同样的观点，他宣称："爱，只是对那些逃离我们身边的人的疯狂渴求。"——这个观点得到阿纳多尔·法朗士[2]的极大响应："爱自己已经拥有的东西，是不合乎习惯的。"司汤达相信，只有在害怕失去心上人的基础上，爱才会产生。丹尼斯·德·罗杰蒙特[3]认为："最难得到的人是你最喜欢的人，也是最容易增强你激

1　蒙田（1533—1592），文艺复兴时期法国思想家、随笔作家。

2　阿纳多尔·法朗士（1844—1924），法国小说家、文艺评论家。

3　丹尼斯·德·罗杰蒙特（1906—1985），出生于瑞士，人文学家，致力于欧洲的文化统一。

情的人。"而罗兰·巴特[1]则把欲望仅视为是对无法企及的事物的
渴求。

27. 根据这个观点，情人们除了徘徊于渴望和烦恼两极之间，
别无他途。爱情没有中间地带，只是一种方向，它所渴望的是可
望而不可即的事物。爱情达到目的之后，它也随之销蚀；欲望得
到满足之后，它也随之湮灭。克洛艾和我会危险地陷于这马克斯
主义的螺旋运动中，一方爱意加浓使另一方爱意消减，直到爱螺
旋状地消亡。

28. 一个更愉快的解决办法出现了。我怀着对早餐的歉疚回
到家中，满脸羞愧，充满歉意，准备尽一切努力赢回克洛艾。这
并不容易（她起初挂断我的电话，后来又问我说，我对待与自己
有了肌肤之亲的女人，是不是像一个"既渺小又土气的小流氓"），
但是经过道歉、羞辱，笑脸和眼泪，那天下午，罗密欧与朱丽叶
终于和好了，在国家电影院的黑暗中痴情地手握着手，看着四点
半的电影《爱情与死神》。结局终于是幸福的，至少眼下是。

29. 在绝大多数的男女关系中，通常都会有马克斯主义的思
维（当爱明显得到回应时），这种思维的解决得借助自我喜爱和自

---

1 罗兰·巴特（1915—1980），法国社会评论家、文学批评家。

我痛恨之间的平衡。如果自我痛恨占了上风，那么接受爱的一方就会断言心上人（有各种各样的理由）不适合自己（因为和坏东西有了联系）；如果自我喜爱占了上风，那么双方都会接受这样一种看法：爱得到回应不是因为心上人低贱，而是自己原本值得爱恋。

七　不和谐的音符

1. 早在与心上人熟识之前，我们的心中也许充满了那样一种奇特的感觉，感觉我们早已相识。彼此似乎曾邂逅于某时某地，也许在前生前世里，抑或是梦行神游中。在柏拉图的《对话录》中，阿里斯托芬把这熟悉的感觉解释为，心上人是我们失去很久的"另一半"，我们曾与其血肉相连。起初，人类都是雌雄同体，两背两胁，四只手，四条腿，一个脑袋上有两张脸，面对相反的方向。这些雌雄同体人威力强大、无比骄傲，以致宙斯不得不将他们一分为二，一半是男，一半是女——从那时起，每个男人和每个女人就一直在期盼与那本属于他们的另一半合二为一。

2. 克洛艾没有和我共度圣诞，但是在新年返回伦敦后，只要有可能，我们就分分秒秒厮守在一起，多半躺在我们的床上，更多是依偎在彼此的臂弯里。夹在工作之间（当等待令人难受时，电话就成了呼叫对方的操纵缆）的我们过着典型的二十世纪后期城市的浪漫生活。室外的活动，诸如公园里的漫步、书屋中的流

连、餐馆内的美食，都令生活趣味盎然。最初几周，就如重新发
现了原本同体人的另一半，在那么多不同的问题上，我们都和谐
一致，以致我们不得不认为，尽管没有明显的分割痕迹，我们曾
经定然是一个整体的两个部分。

　　3. 当哲学家设想乌托邦时，他们很少将之想象成一个集差别
于一体的熔炉，而认为这些假想的社会更多的是建立在思想相似、
性质类同、有共同的目标和预想的基础之上。正是这些一致使得
与克洛艾的厮守充满吸引力。在经历了性情方面没完没了、不可
调和的差别之后，我终于发现了一个人，她的笑话我无需词典就
能懂得；她的观点与我的神奇般地接近，她的爱与恨就是我的爱
与恨。和她在一起，我屡次发现自己在说："太巧了，我正要说 /
想 / 做 / 谈同样的一件事情……"

　　4. 爱情的批评家怀疑个性的融合，怀疑人与人之间的差别能
够完全消除，从而合二为一。这怀疑的根源在于一种感觉，即接
受相似比承认差异容易（相似的方面不必要找出来）；在没有相反
的证据时，我们总是找到自己知道的，而非不知道或恐惧的东西。
我们相爱乃是因为缺少互相了解，而用渴望填补了无知。然而，
就像批评家指出的那样，时间将会告诉我们，让人类个体彼此分
离独立的身体表皮，代表的不仅是肉体的界痕，而且是更深层次
的心理差异，想要超越则是愚蠢的行为。

5. 因此，就成熟的爱情而言，人们不会在第一眼就跌入爱河，只有当弄清水的深浅，才会跳入其中；只有在互相交流了以往的经历，交流了政治、艺术、科学的观点，以及晚餐的喜好之后，两人才能决定是否相亲相爱，这是一个在互相理解和肯定的基础之上的决定，而非想象中的共鸣与吸引。对成熟的爱情来说，只有真正地了解了对方，才会让爱有孳生的机会。真正的爱情（恰恰总是诞生在我们知道之前）与常情背道而驰，不断增加的了解，既可能是一种吸引力，又可能是一种障碍——因为它可能使乌托邦与现实发生危险的冲突。

6. 记得是在三月中旬的一天，当克洛艾向我展示她新买的一双鞋时，我意识到，无论我们之间存在多少令人兴奋的相似点，克洛艾也许并不是宙斯残酷地从我身上分割开来的那一半。作出这样的结论可能有些学究式的迂腐，但是鞋子是美学的重要象征，从广义心理学的角度说，也是差别存在的重要标志。我经常发现，身体的某些部位和某些穿着相对于另一些部位和穿着更能反映一个人：比如鞋子相对于套衫、拇指相对于肘弯、内衣相对于罩衫、脚踝相对于肩膀。

7. 克洛艾的鞋子有什么不对劲的地方？客观地说，没有（但是谁又会客观地去爱？）。鞋子是星期六的上午克洛艾在国王大道的一家商店里买来，准备穿着和我去赴那天晚上的一个派对。我理解设计师尝试融合高跟鞋和平跟鞋特点的意图：木屐式的坡形鞋底，跟部急剧升到一把匕首那么高，但宽度又宽似平底鞋的鞋面。高高的后帮用一根装饰着蝴蝶结和星星的结实带子围拢，有点儿洛可可式的纤巧繁琐。这鞋子制作精巧，造型完美，属于当下流行的一种——然而也正是我讨厌的一种。

8. "难道你不喜欢？"克洛艾满怀对新鞋子的兴奋，夸张地说，"我要每天都穿，你不觉得它们美极了？"

尽管我爱她，但那根可以将这双鞋子变成我的爱物的魔棒却失去了魔力。

"我跟你说，我恨不得买下整个商店，那儿的东西都太好了，你应该见过他们那儿的靴子。"

在我看来，这是一双最难看的鞋子，但是看到克洛艾（在这之前我和她几乎在所有的事情上意见一致）如此狂喜，我震惊了。我心目中的她，也就是阿里斯托芬所说的是我另一半的她，应该并不具有这种特别的热情。买鞋子时的克洛艾在想什么？我被这个问题困扰。我质问自己："她怎么可能同时喜欢这双鞋子和我这样一个人？"

9. 克洛艾对鞋子的选择给了我一个不幸的提示：她有自己的权利（超越融合的幻想），她的趣味并不总和我的保持一致。无论我们在一些方面是多么融洽，但这融洽不会无边无际。它提醒我们，因为在找到令人欣喜的共性时也要面临危险的分歧，所以了解一个人并不总像一般认为的那样，是产生共鸣的、愉快的过程。注视着克洛艾的鞋子，我的心头掠过一个一闪即逝的愿望：她的某些方面我还是不要知道的好，以免它们与我想象中的美丽形象——几乎从第一眼看见她就树立起来了——不能一致。

10. 波德莱尔[1]写过一篇散文诗，说一个男子和他准备去爱的一个女子在巴黎逛了一天。因为彼此在诸多方面的意见都和谐一致，夜晚来临之际，他确信找到了一个可以与他灵魂结合的完美对象。这时他们渴了，于是走进大街拐角处新开的一家富丽堂皇的咖啡馆。坐在咖啡馆里，那个男子看见外面走来了一家人，属于贫穷的工人阶层。他们透过咖啡厅的橱窗玻璃，盯着里面优雅的客人、耀眼的白色墙壁以及金质的装饰品。这些可怜的穷人对于里面的富贵和美丽充满了惊奇，令那位男子心生同情，并为自己的特权地位感到羞愧。他回过头来看着心上人，希望从她的眼中看到自己的想法。但是那位他准备与之灵魂结合的女士却厉声说，她忍受不了这些眼睛睁得大大的穷鬼，要他告诉老板把他们立刻赶走。在每一个爱情故事中不是都有这样的时刻吗？寻找反映自己思想的眼睛，结果却（悲喜剧）完全相反——对于阶级斗

1　波德莱尔（1821—1867），法国诗人，法国象征派诗歌的先驱，现代主义的创始人之一。

争或一双鞋子都莫不如此。

11. 也许确实如此，我们最容易爱上的人，是那些除了从他们脸上看到的、言谈中听来的之外再很少吐露自己的人。在想象中，一个人可以是无比的温顺，无尽的值得爱恋。如果想要适宜地梦想，那么就没有什么比为自己书写的爱情故事更浪漫的了。一次漫长的火车旅行，凝望一个注视着窗外的魅力十足的人儿——一个完美的爱情故事，当特洛伊罗斯或克瑞西达 [1] 回看车厢，和邻座开始无聊的谈话或令人恶心地用肮脏的手帕揩鼻涕时，便宣告结束了。

12. 伴着对心上人的更多了解随之而来的失望，如同起初谱写了一支完美的交响曲，而后又在音乐厅里倾听一个完整的交响乐队演奏这支曲子。尽管我们听到很多构想在演奏中实现了，但仍然注意到一些细微之处不如我们所愿。小提琴手是不是有些走调？笛子是不是有些滞后？打击乐声是不是有些过大？我们第一眼爱上的人就如自己谱写的交响乐那么完美。他们不存在对鞋子品味或文学偏好的冲突，就如未经排演的交响乐不存在走调的小提琴或滞后的笛声一样。然而一旦狂想曲在音乐厅里演奏，那漂浮在我们意识之中的天使就会坠落到现实之中，暴露出他们自己

1　特洛伊罗斯，特洛伊国王普里阿摩斯之子，在特洛伊战争中为阿喀琉斯所杀。克瑞西达，特洛伊罗斯的恋人，后来到希腊军中，移情别恋希腊将领。参见莎士比亚《特洛伊罗斯与克瑞西达》。

也是物质化的人类，具有自己（常常是愚蠢的）精神和肉体的丰满历史——我们知道他们用哪种牙膏、怎样剪脚趾甲、喜欢听贝多芬不喜欢听巴赫、习惯用铅笔而不是钢笔。

13. 克洛艾的鞋子只是在我们认识初期，从内心的幻想到外部的真实这过渡时期（如果能如此乐观地说）发现的不和谐的音符之一。和她日复一日地生活，我好像在让自己适应异国的生活，离开了本国的传统和历史，成为异国生活的牺牲品，偶尔会对外国的事物畏惧，而且憎恨。这意味着地理和文化的错位，迫使我们度过一个独自生活和共同生活两种习惯的暴露时期，例如，克洛艾偶尔有深夜去夜总会的热情，而我有看先锋电影的爱好，这都要面临与对方习以为常的夜间活动习惯或看电影的喜好发生冲突的风险。

14. 在主要问题上（国度、性别、阶级、职业），我们并没有什么可怕的差别，差别更多是产生于品位和观点等细小的方面。为什么克洛艾要把通心粉多煮那要命的几分钟？为什么我非要坚持戴现在这副眼镜？为什么她每天早晨必须要在卧室里做健身操？为什么我每天都要有八小时的睡眠？为什么她不能多花一些时间听歌剧？为什么我不能多花一些时间看琼尼·米切尔[1]？为什

---

1 琼尼·米切尔（1943—　），加拿大画家、歌唱家、作曲家，1969 年获格莱美奖。

么她那么讨厌吃海鲜？谁又能解释我为什么不喜欢花和园艺，或她为什么反对水上旅行？她怎么会事事笃信上帝（至少在第一例癌症出现之后不该再坚持）？我又怎么会事事只注重事实？

15. 人类学家告诉我们，群体总是先于个体出现，必须通过前者，即国家、种族、世系，或是家庭，才能理解后者。克洛艾对她的家庭没有多少好感，但是当她父母邀请我们去他们在马尔博罗附近的家中共度周日时，我乞求她接受邀请。"你会发现你讨厌那里，"她说，"不过如果你真的想去，那就去吧。你至少可以理解一下我一生都在努力摆脱的东西。"

16. 尽管她希望独立，但观察处于家庭氛围中的克洛艾有助于我理解她的某些方面，也有助于理解我们之间差别的根源。格拉莱德橡树村的一切表明，克洛艾出生在一个世界（几乎是一个银河系），而我出生在另一个世界。起居室摆放着仿奇彭代尔式[1]家具；红褐色的地毯已经褪色了；布满灰尘的书柜上是特罗洛普[2]的小说；两边墙上挂着斯塔布斯式的画；三只滴着涎液的狗在起居室和花园之间跑来跑去；墙角长着一棵枝叶繁茂的植物。克洛

1　托马斯·奇彭代尔（1718—1779），英国家具木工，制作的家具以优美的外廓和华丽的装饰为特点。

2　特罗洛普（1815—1882），英国小说家，以虚构的巴塞特郡系列小说著称。

艾的母亲穿着一件有不少破洞的紫色厚套衫，一条印着花的宽松裙子，长长的花白头发没编扎，披在肩后。她的身上简直能找到根根稻草。一种乡村特有的冷淡随着她一遍遍地忘记我的名字（她富有想象力地把我当作另一个人）而显得更加强烈。我在心里比较着克洛艾的母亲和我母亲的不同，她们折射出迥然相异的两个世界。无论克洛艾怎样想脱离这一切，进入大城市，实现自己的价值，找到自己的朋友，她的家庭仍然代表了她拥有的一些遗传和历史传统。我注意到两代人之间有一些共同之处：她母亲做土豆的方法与克洛艾一样，碾碎大蒜放进黄油洒上海盐；母亲与女儿一样热衷于绘画艺术，爱看周日报纸上的相同内容。父亲喜欢闲逛，女儿同样喜欢。克洛艾经常在周末拉着我到汉普斯泰德–希斯[1]转一圈，声言新鲜空气有益健康，也许她父亲曾经也这么说过。

17. 一切都是那么奇异，那么新鲜。她成长的家园描绘出她全部的过去，我一直无缘领略的过去，而我为了理解她必须仔细体察。吃饭时的大部分时间，都是克洛艾和她父母在就家庭事务的各个方面进行提问—回答：保险公司支付了祖母的医疗费没有？水箱修了没有？卡罗琳接到房地产公司的信没有？露丝真的

1　汉普斯泰德–希斯（Hampstead Heath），伦敦西北最大的一块开阔地带，有八百英亩的绿地（heath），以及高级居住区。

要到美国去念书吗？谁读过莎拉姨妈的小说？亨利真的要和杰米玛结婚吗？（所有这些人物都先于我进入克洛艾的生活——而且也许在我离开克洛艾之后，他们仍然处于家庭的紧密联系之中。）

18. 克洛艾的父母对她的看法与我的感觉分歧很大，这不禁引起我的好奇心。在我看来，克洛艾既乐于助人，又慷慨大方；而她家人却认为她有些专横霸道、苛求任性。小时候的她是一个小独裁者，父母给她起了一个诨名——鲍帕多索小姐，这是一本儿童书中的女主人公的名字。我所了解的克洛艾冷静地看待金钱和自己的职业；父亲却说他的女儿"不谙世事"，母亲则笑话她"制服了所有的男友"。我与她家庭成员相左的看法，使我不由自主地加深对克洛艾的理解，理解我们相遇之前她的全部生活。

19. 下午克洛艾领我参观了整栋房子。她把我带到楼顶上的房间里，她叔叔曾经告诉她说屋里的钢琴中住着一个鬼，所以小时候她一直害怕去那儿。我们去看了她从前的卧室，她母亲现在把它当作自己的工作室。她指着天窗说，每当悲伤的时候，她就和她的格皮象从那儿躲到阁楼上去。后来我们又去花园散步，在一个斜坡下面有一棵树，上面有撞击的痕迹，那是有一次她激将她哥哥，说他不敢放开手刹，才让车给撞坏的。她指给我看邻居家的房子。以前一到夏天，她总是把那家种的草莓摘得精光，还在放学回家的路上吻过房主的儿子。

20. 下午晚些时候，我和她父亲在花园里散了一会儿步。他是一个老学究，三十年的家庭生活使他对婚姻有了一些与众不同的观点。

"我知道我女儿和你互相爱慕。我不是爱情专家，但是我有些话要告诉你。我认为，最终来看，与谁结婚并不重要。如果你最初爱他们，可能你并不会一直爱到最后。而你如果一开始讨厌他们，那么也总有机会让你最终改变想法。"

21. 那天晚上在回伦敦的列车上，我感到精疲力竭，忧虑我们彼此早期生活的差异。当克洛艾过去生活的诸多情节和场景萦绕在我脑海时，她在我们相识之前的生活和习惯显得可怕而又稀奇古怪。但它们就像她鼻子的形状或眼睛的颜色一样，属于她的一部分。我感到一种原始的怀旧，怀念熟悉的环境，意识到每一例交往中都有必须经历的混乱——一个全新的人有待去认识、适应，同时把自己展示给对方。想到我从克洛艾身上发现的所有差别，想到一直以来她是一个人而我是另一个人，想到我们的世界观会有不可调和的地方，我的心里掠过片刻的担忧。望着车窗外威尔特郡的乡村，我产生了一种迷路孩童的渴望，渴望一个我完全熟悉的人，我了解这个人家庭的癖好，了解她的父母，也熟知她的过去。

八 爱情与自由

1. 如果让我再回到克洛艾的鞋子上来，应该提及一下的是，鞋子事件并不以我持否定态度的个人分析而告终。我承认经过我们认识后第二次最激烈的争吵，经过泪水、伤害、吼叫，以及右脚的那只鞋砸破一块窗玻璃落在登巴尔街的人行道上后，一切才宣告结束。撇开其中情节剧一般的紧张气氛，这鞋子事件还包含了让人产生兴趣的哲理，因为它标志着一个个人生活的选择，其激烈程度不亚于政治生活中的选择：爱情与自由的选择。

2. 这种选择常常因为乐观地把这两个概念等同而被忽略，一个概念被视为另一个的缩影。但是如果将两者联系到一起，却又是不合情理的结合，因为不可能既谈情说爱又拥有自由；而如果能够拥有自由，又并不总能得到爱情。我们满可以质问，除了公开的敌意，为什么恋人之间的刻薄言辞不能得到容忍（或甚至认为是可以理解的）？同样，由鞋子引申到国家，我们会发出类似的疑问：为什么那些没有社会意识或公民意识的国家让人民隔绝分散，而不是安居乐业？为什么那些把社会意识、爱、兄弟情谊挂在嘴边的国家总是以大批大批地屠杀人民告终？

　　3."那么，你喜欢这鞋子吗？"克洛艾又问了一次。

　　"坦白地说，不喜欢。"

　　"为什么？"

　　"我不喜欢这种样子，穿上了像一只鹈鹕。"

　　"真的？但是我觉得很雅致。"

　　"不见得。"

　　"就是这样，你看鞋跟，还有蝴蝶结，漂亮极了。"

　　"你很难找到与你看法一致的人。"

　　"那是因为你根本不懂什么是时尚。"

　　"也许我不懂，但是当我看到一双难看的鞋子时，我会知道那叫难看。"

　　"这双鞋子不难看。"

　　"承认吧，克洛艾，确实很难看。"

　　"你只是妒忌我买了一双新鞋。"

　　"我只是告诉你我的感觉。我真的认为它不适合今晚的派对。"

　　"很适合，因此我才非要买不可。"

　　"那就穿上吧。"

　　"我现在怎么能穿？"

　　"为什么你又不穿呢？"

"因为你刚才说我穿上了像一只鹈鹕。"

"确实如此。"

"那你想让我像一只鹈鹕一样去参加一个派对？"

"没那个意思，我只是想告诉你鞋有多丑。"

"那好，你为什么要向我说这些呢？"

"因为我很在乎你。你买了一双难看的鞋子，必须有人来告诉你。不过我怎么想有什么关系？"

"因为我想要你也喜欢。我买它们，是希望你也觉得好，而现在你却说我穿上了像个怪物。为什么我做的每一件事都不合你意？"

"喂，别这么说我，你知道不是这样嘛。"

"就是这样，你甚至不喜欢我的鞋。"

"但是除此之外，我几乎喜欢你的一切。"

"那么你又为什么不能不奚落这鞋子？"

"因为你适合穿更好的。"

4. 读者可以略过整个情节剧。这段对话足以预示，片刻之后，像突如其来的风暴一样，克洛艾脾气大发，把那惹祸的鞋子脱下一只（拉开架势以让我看到），我迅速蹲下身（也许是荒谬地）躲避飞来的炮弹，鞋子砸穿我身后的玻璃，飞落在街上。

5. 我们的争吵充满爱情与自由的悖论。克洛艾的鞋子如何又有什么关系？她身上还有其他诸多方面的优点，我却宁愿破坏我们的爱情也要紧盯住这一点不放？为什么我就不能像对待一位朋友那样善意地向她撒谎？我惟一的理由就是，我爱她。她是我理想中人——除了这双鞋子——因此我被迫指出这一点小小的瑕疵，而对朋友，我从来不会（他们离我所谓的理想中人相去甚远。而友谊的理想中人，我还没考虑过这种概念）这么做。因为我爱她，所以我直言不讳——这是我惟一的辩词。

6. 我们有时更多理想主义地去想象，以为浪漫的爱情几近基督之爱，是一种胸怀宽广的情感，这情感宣布：无论你怎样，我都爱你。这是一种无条件的爱，没有界限，欣赏每一只最蹩脚的鞋子，它是接纳的体现。但是爱人之间的争吵又提醒我们，基督的爱并非床笫之间的爱情，它似乎更适用于普遍，而不是个别；更适合于所有男人对所有女人的爱；更适合于两个听不到互相嘲笑的邻居之间的爱。

7. 浪漫的爱情不可能如处女一般纯洁，它使用特殊的身体语言，具有惟一性而非普遍性。爱上邻居 A 是因为他或她有一种笑容或雀斑或笑声或观点或脚踝不为邻居 B 所有。耶稣拒绝为爱指明标准，从而避开了这个棘手的问题，也避开了这过程中爱的残酷。因为有了标准，爱情就给打上了痛苦的烙印。当我们企图将邻居 A 变成邻居 B，或将邻居 B 变成结婚前我们想象中完美的 B

时，鞋子开始飞来，离婚申请也被提出。就是在想象中的完美和
岁月剥蚀出来的真实之间，我们将逐渐失去耐心，苛求完美，直
至最终忍无可忍。

8. 尽管这并不总是装玻璃工人的事，但非自由主义永远都
不是片面的。我曾做过成百上千的事把克洛艾惹怒：为什么我总
是喜怒无常？为什么我执意要穿那件看上去像穿了一个世纪一样
旧的外套？为什么我睡觉时总是把羽绒被蹬下床？为什么我把索
尔·贝娄看成那么伟大的作家？为什么我还学不会泊车，不能把
车整个儿停在车道里？为什么我经常将脚跷在床上？所有这些都
与《新约全书》所说的爱相去甚远；《新约全书》中的爱从来不
会对一双丑陋的鞋子、对牙齿间的菜叶说三道四；也不会因为她
对《卷发遇劫记》作者[1] 的固执而且错误的观点品头论足。然而所
有这些都构成了家庭中的古拉格[2]，已经设定好他们应该怎样，每
天都想把对方拖进这个框框之中。如果把理
想和现实想象成两个部分重叠的圆圈，那么
这月牙形的部分就是我们试图通过争论使两
个圆圈重叠成一个，从而得以消灭的差别。
（见图 8.1）

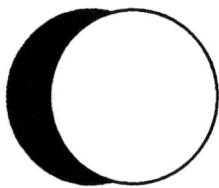

图 8.1

---

1 指亚历山大·蒲柏（1688—1744），英国诗人。
2 古拉格，苏联内务部劳改局所在地，曾经关押过很多政治犯，因苏联
 作家 A.I. 索尔仁尼琴写的《古拉格群岛》而出名。

9. 如此行事的理由何在？不过是所有的父母、军队里的将军、芝加哥的学院派经济学家在使他人苦恼之前惯用的甜言蜜语——我在乎你，所以我会使你心烦意乱；我敬重心中那个完美的你，因此我会伤害到你。

10. 克洛艾和我之间的争论从来都不是朋友式地进行的。朋友之间因为礼貌和客气，建立了一层无形的保护膜，这膜，即身体的生疏，阻止了敌意的产生。但是克洛艾和我已经肌肤相亲：一起睡觉、一起沐浴、观看彼此刷牙以及共同为感伤缠绵的电影流泪，故而我们之间的那一层隔膜被撕掉了。于是我们不仅得以相爱，还可以演绎相爱的对立面：吵架辱骂。我们把结识对方等同于一种拥有和许可：我了解你，所以我拥有你。在我们相爱的进程中，肉体交合之后，礼貌客气（朋友间的友谊）就止步了，就此而言，第二天早餐时爆发的第一次争吵并非巧合。

11. 保护膜被撕去后，曾经垄断的物品开始在自由市场里交换了，以前正常地（宽厚地）保留在自我批评领域的想法现在表达出来，制造了紧张的关系。用弗洛伊德的话说，我们不仅自身有"超我—自我"的冲突（见图8.2），两人之间也同样如此。当交叉点仅仅是自我 A 和自我 B 时，就产生了爱；当超我 A 和自我 B 发生冲突时，鞋子开始飞出窗外。

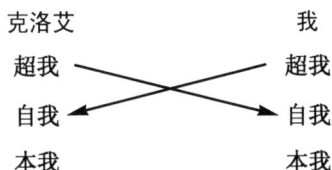

克洛艾　　　　　　我

超我　　　　　　　超我

自我　　　　　　　自我

本我　　　　　　　本我

图 8.2

12. 忍无可忍源于两个方面：其一，是非观念；其二，不能让他人生活在暗昧之中的想法。一天晚上，当克洛艾和我开始争论起埃里克·侯麦[1]的电影时（她腻味那些电影，我则爱看），我们忘了侯麦的电影既可以好，又可以不好，这完全取决于各人的看法。争论逐渐演变为逼迫对方接受自己的观点，而没有意识到异见存在的合理性。同样，虽然我憎恶克洛艾的鞋子，但我并没有想到：尽管自己不喜欢，但鞋子并非生来就让人讨厌。

13. 当个人的判断被推广，使其为女友或男友（或者整个国家的公民）接受之时，当我认为这很不错成为我认为这对你来说也很不错时，这种从个人观点扩展到众人共识的举动实乃一件专横之事。在有些事情上，克洛艾和我各自相信自己的看法，而由于这种相信，我们以为自己可以命令对方同意我们在所有的方面都正确无误。专横地声言这就是爱情，是迫使对方（假装是出于

1　埃里克·侯麦（1920—2010），法国导演，被认为是法国新浪潮中最细致入微也是水平最稳的影人，曾获得第 43 届奥斯卡金像奖（1971），奥斯卡最佳原创剧本提名奖等。

爱）放弃自己爱看的电影或自己喜欢的鞋子，去接受一个（充其量）只是假冒成普遍真理的个人判断。

14. 政治与爱情似乎没有相干之处，然而我们从法国大革命和法西斯主义血迹斑斑的历史中可以看到同样的一厢情愿，同样的理想模式与存在分歧的现实相对而立，从而如月牙形所代表的差异一样，让人们产生厌烦（刽子手的厌烦）。法国大革命最先提出（给出所有的选择，只是为了一次洗劫），政府不仅要统治人民，而且要爱他们；人民大概也要同样接受政府的统治，并且爱政府，否则就要被送上断头台。从那时起，一厢情愿的政治就开始了其不光彩的历史。革命的初期，从心理学上看，极其类似于爱情关系——强求合一，相信两人／国家的无所不能，要求抛却先前的自我，消解自我的界限，渴望不再有秘密（对对立面的担忧很快使情人胡思乱想／或建立起秘密警察）。

15. 如果爱情和一厢情愿的政治其开头都是同样的美好，那么结局也许会是一样的血淋淋。难道我们还不熟识以专横告终的爱情？以同样的专横，统治者坚定地宣称他们心怀国家的真正利益，但结果不也是以合法化地杀戮那些坚持异议的人而告终吗？如此看来，爱情是一种信念（还有许多其他的内容），是非自由的，因为信念从来避免不了向持异议者和异端发泄自己的挫折感。换一种说法，一旦你对某事产生了信念（祖国、马列主

义、国家社会主义），信念的强大力量必然会自动地消灭其他的
选择。

16. 鞋子事件之后过了几天，我到报摊买报纸和牛奶。摊主
保罗先生告诉我说牛奶卖完了，如果我愿意等一会儿，他就到贮
藏室拿一箱来。望着保罗先生向铺子后面走去，我注意到他穿着
一双灰色的厚袜子和褐色的皮凉鞋。袜子和鞋子都奇丑无比，然
而奇怪的是，我却无动于衷。为什么当我看到克洛艾的鞋子时就
不能同样如此？为什么我不能友好地对待我爱的这个女子，就像
我对待每天卖给我牛奶的报摊摊主一样？

17. 政治学说中长期有这种愿望：用顾客和报摊摊主的亲切
关系代替屠夫和牛羊的杀戮关系。为什么统治者不能客气地对待
人民，容忍凉鞋、异见和分歧？自由主义思想家的答案则是：只
有当统治者不再奢谈是出于爱而统治其人民，转而关注降低利率
和火车准点时，友好的关系才有可能出现。

18. 约翰·斯图亚特·穆勒于1859年发表的《论自由》，是
提倡不以爱的名义制约人民的自由主义经典之作，他毫不含糊地
要求政府（无论有多好的意图）不要干涉人民，不要逼迫他们换
鞋子、读某些书、清除耳垢或是剔清牙齿，从此非暴力政治找到
了最伟大的辩护者。穆勒认为，尽管古代的联邦（不是指罗伯斯

庇尔[1]的法国）觉得自己有权力对"每一个公民的身心需合乎法则保持浓厚的兴趣"，但现代政府却应尽可能退后，让人民各行其是。如同爱情中被烦扰的一方请求仅给予一个空间一样，穆勒呼吁政府不要干涉人民：

> 只要不妄图褫夺他人之自由，或妨碍他人对自由之求索，吾侪以自己的方式追求自己的好尚即得以名之为自由。……自由之义，在于防止强权势力对于违反自己意愿的文明社会成员的妨害。强权势力自身之偏好，不论是物质方面还是道德方面，皆非侵犯他人之理由。[2]

19. 穆勒的呼吁听起来是那么合理，难道我们不能把这些原则运用于个人生活中？然而如果将之运用于二人世界，那么令人遗憾的是，他的观点似乎失去了精彩之处，必然产生一些徒有虚名的婚姻：爱情早被蒸发，夫妻分床而睡，只是上班前在厨房碰见时才偶尔说上几句话。当他们一起吃完晚餐的肉馅土豆泥饼，或在凌晨三点品尝感情失败的苦涩之时，两人早已放弃互相理解的希望，替代以建立在克制住的争执和彬彬有礼基础之上的不冷不热的友谊。

1　罗伯斯庇尔（1758—1794），法国资产阶级革命时期雅各宾派领袖，领导雅客宾派政府——公安委员会（1793—1794），平定反革命叛乱，镇压忿激派和阿贝尔派，热月政变（1794年7月）时被逮捕处死。

2　引自约翰·斯图亚特·穆勒《论自由》，剑桥大学出版社1989年版。

20. 我们又回到爱情和自由的选择上来了，后者看上去只存在于疏远的，或者冷漠出现的关系当中。报摊主的凉鞋不使我恼怒，是因为我不在乎他，我只希望从他那儿买报纸和牛奶，除此之外，什么也没有。我不会希望向他袒露心迹或在他的肩头哭泣，所以对于他的穿戴，我不会冒昧地说三道四。但是如果我爱上了保罗先生，我真的还能继续对他的凉鞋这样安之若素？或者是否总有一天（出于爱）我会清清喉咙，建议他换一双？

21. 如果我和克洛艾的关系永远达不到恐怖统治的程度，也许是因为我们能够缓和爱情和自由的选择，这缓和的法宝就是幽默感。幽默感很少为恋爱关系所有，几乎更不为一厢情愿的政治家（波尔布特[1]、罗伯斯庇尔）所具备，幽默感能使（如果能够那么广泛的话）政府和夫妻从忍无可忍中解脱出来。

22. 革命家和情人似乎都十分倾向于严肃认真。难以想象与斯大林或与少年维特开个玩笑会是怎样的情景——尽管区别难以避免，但两人似乎都极其紧张而认真。缺乏欢笑的能力，就是无法认可事物的相对性、社会和人际关系与生俱来的矛盾性、欲望的复杂性和冲突性，也无法知道必须接受心上人永远学不会泊车，或洗不干净浴缸或改不去对琼尼·米切尔的偏好——而你仍然爱着他们。

---

1 波尔布特（1925—1998），柬埔寨政治领袖。

23. 如果克洛艾和我能够超越我们之间的一些差别，那是因为在看到彼此性格不投合时，我们能够用个玩笑来将其解决。我没法不讨厌她的鞋子，而她却继续喜欢，我一如往日地爱她，但（窗户修好后）我们至少为那次事件找到了开玩笑的余地。每当争论激烈起来时，一个会威胁说要把自己"扔出窗外"，另一个听后总是能报之以笑，从而化解了恼怒。我的驾驶技术无法提高，却赢得了"阿兰·普罗斯特[1]"的名字。我觉得克洛艾偶尔殉难者似的旅行令人厌烦，但是当我能把她当作"圣女贞德"而听从她时，心情就好多了。幽默意味着无须直接冲突，你就可以轻轻越过一件恼人之事，且成心许，无须明言就做出了一个评判（"通过这个笑话，我想让你知道我讨厌 X，而不必对你直说——你的笑声说明你接受这个评判"）。

24. 当两人不再能把差异化解成玩笑，那么这就是他们停止相爱（或至少不再为爱的维系做出较大的努力）的信号。幽默标示出产生在理想和现实的差异之上的恼怒：每一个玩笑背后，都是一次对差异甚至是失望的警醒，但这已经是无害的差异——因此能够顺利前行，而不必大动干戈。

1　阿兰·普罗斯特（1955—　）法国著名一级方程式赛车手。

九 美 丽

1. 是美丽引发了爱情，还是爱情创造了美丽？是因为克洛艾美丽我才爱她，还是因为我爱她她才美丽？在茫茫人海之中，我们（凝视着正在打电话或躺在我们对面沐浴的心上人）也许会发出这样的疑问：为什么这特定的一张脸、一片唇、一弯鼻、一轮耳会满足我们的欲望？为什么她脖子的曲线、笑靥正好符合我们对于完美的标准？每一位心上人都能使我们得到美丽的不同诠释，都能圆满地重释我们各自的情爱美学，其方式既新颖别致，又富有个性，有如她／他们脸上的风景一般。

2. 如果马西略·费奇诺[1] 把爱定义为"对美的欲望"，那么克洛艾是怎样满足了我的欲望？克洛艾自己说，没法满足。我费尽口舌也不能说服她，她一点都不丑。她执意认为，自己的鼻子太小、嘴巴太大、下颌死板、耳朵太圆、眼睛不够绿、头发不飘洒、胸太小、脚太大、手太宽、腕太细。她会无限向往地盯着《ELLE》和《VOGUE》杂志里的一张张脸宣称，从她的长相来看，说上帝公平简直就是胡言乱语。

3. 克洛艾相信美丽可以根据一个客观的标准来衡量，而她自己完全不符合这个标准。尽管克洛艾并不承认，但她已经坚定地与柏拉图的美丽观站到了一起。这是她和世界时尚杂志的编辑们都接受的一种美学观念，这观念会令人每天坐在镜子前时产生一种自我厌弃的感觉。根据柏拉图和《VOGUE》编辑的观点，美丽存在一种完美的形式，是身体各部分均衡的结合，普通人的身体或多或少有点接近。柏拉图说，任何被认为是美丽的东西都部分具有美的基本形式，因此肯定展示了普遍的特征。从一个美丽的女子身上，可以发现美丽包含数学的基本原理，是一种天生的均衡，比古代神庙建筑中发现的不会少。在柏拉图看来，杂志封面上的脸像更接近于完美的形式（克洛艾正为此而崇拜不已。我还记得她坐在床上一边晾头发，一边翻杂志，扭动着脸部肌肉，夸张地模仿模特们轻松自在的姿势）。克洛艾为自己的鼻子与厚薄不一的嘴唇不搭配感到遗憾。她的鼻子很小，嘴唇过厚，这意味着她的脸的中心部位产生了柏拉图所谓的不和谐。柏拉图曾说，只有各个部分均衡的搭配才能创造一种动态的静止和自在的完满，这正是一般人所缺少的。如果柏拉图说只有"尺寸（计量）和比例（对称）的适宜才能组成美丽和卓越"，那么克洛艾的脸肯定既

1　马西略·费奇诺（1433—1499），文艺复兴时期意大利人文主义代表人物。

不美丽也不卓越。

4. 除了脸部的不和谐，克洛艾发现自己身体的其他部分更不匀称。虽然共浴时我乐于欣赏洗液泡沫流过她腹部和腿部的曲线，但每当克洛艾在镜子中看见自己的身材时，总是说"某个部位不匀称"——尽管我从来没有发现有什么不匀称的。莱昂·巴蒂斯塔·阿尔贝蒂[1]也许对此更在行一些，因为在他看来，雕塑家应该明了，美的体形有一些固定的比例，将身体分解为六百个单位就可以发现这些比例，从而找到各部分之间的理想距离。在《论雕塑》一书中，阿尔贝蒂将美丽限定为"无论主体如何呈现，所有部分依照这样的连接比例和谐地组装，分毫不爽，增一分太多、减一分嫌少，任何改变则使其破坏"。但是在克洛艾看来，几乎她身形的任何部位都被增了一分、减了一分或被修改，就此而言，她完整地保存了上帝馈赠给她的一切不完美。

5. 但是柏拉图和莱昂·巴蒂斯塔·阿尔贝蒂（不论他们计算得多么准确）的美学理论中显然忽视了一些东西，因为在我看来，克洛艾美丽无比。我说不出到底是什么如此吸引我，是喜欢她绿色的眼眸、黑色的头发、饱满的嘴唇？我不知道，因为言辞

---

1 莱昂·巴蒂斯塔·阿尔贝蒂（1409—1472），意大利艺术家、文艺理论家、建筑师。

不能描述为何一个人有吸引力而另一个人却没有。我可以说是由于她鼻梁上的雀斑或她脖子的曲线，但是这又怎能说服那些不觉得她有魅力的人呢？美丽毕竟不是可以通过说服别人来接受的啊。美丽不是数学公式，不可以得出一个无可置疑的结论。关于男人和女人魅力的争论，类似于艺术史家试图说明为什么一幅画优于另一幅画的争论。是凡·高的画更优秀、还是一幅高更的画更高明呢？惟一的比较办法就是通过语言描述作品（"高更《南方的海》里的天空展示感情奔放的天才……"逊于"凡·高运用蓝色达到的瓦格纳式的深度……"），或通过绘画技巧和材料来阐释（"凡·高后期作品的表现主义感觉……""高更那些塞尚式的直线……"）。然而在解释为何一幅作品能感动我们，令我们感受到美的真谛时，它们又能起到什么真正的作用？如果说画家历来就不屑于艺术史家跟随其后的评论，那么与其说这是出于反向的势利，还不如说是出于一种感觉，即绘画的语言（美丽的语言）无法用人类的话语来表达。

6. 因此我能够描述的不是美丽，而只是我自己对克洛艾外表的一种主观感受。我不能说要建立一个具有普遍效验的美学理论，只能指出我的欲望最终的归宿，同时允许他人认为克洛艾并非十全十美。于是我不得不反对柏拉图的美丽有客观标准的论点，而同意康德的说法（表达在《判断力批判》一书中），即美的判断是一个"决定性的基础只能是主观的"判断。

7. 康德的美学观认为，身体的比例最终并不像欣赏身体的主观方式那么重要，否则我们怎么解释，对于同一个人，为何有人看来美丽动人，而有人则认为丑陋不堪？美丽在于观者，这个现象可比作是著名的缪勒—莱尔幻象（见图9.1），由于两端的箭头方向不同，两根相同长度的直线看起来却长短各异。如果把长度比作美丽，那么我注视克洛艾时的情形，就像指向直线末端的箭头一样，使得克洛艾的脸看起来与众不同，比那些客观地看几乎是同一张脸的人显得更为美丽（直线更长）。我的爱就像放在同一根直线两端的箭头，它产生了一种与众不同的印象，不论其多么不真实。

图 9.1　缪勒—莱尔幻象

8. 司汤达曾经给美丽下过一个著名的定义：美丽即"幸福的允诺"，这与柏拉图所谓的部分与部分之间完美和谐的刻板观点实在大异其趣。克洛艾也许不能被认为是完美无缺，但是她依然美丽。是她的美丽令我感到幸福，还是她令我感到幸福才美丽？这是一个自我确认的循环：当克洛艾令我感到幸福时，她是美丽的；她是美丽的，这又令我感到幸福。

9. 我被吸引的特别之处在于，它并非建立在欲望的明确目标

104.

之上，同样也不是建立在克洛艾的众多特征——从柏拉图的观点来看，也许并非完美的特征——之上。在克洛艾面部不美丽的特征之中，其他人不会多看上一眼的特征之中，我找到了自己渴望看到的东西，这令我油然而生一种自豪感。例如，我并不认为她两颗门齿之间的缝隙（见图 9.2）不好看，不符合完美的排列，恰恰相反，我觉得它独特无比，是最值得爱慕的完美牙齿。我不仅不对牙齿间的缝隙漠然处之，相反，我十分欣赏。

柏拉图眼中的完美牙齿　　　　　康德眼中的完美牙齿

图 9.2

10. 我欣赏自己的秘密，崇拜自己欲望的与众不同，以及无人知晓克洛艾的牙齿在我眼中的意义。在柏拉图的信仰者们看来，克洛艾也许并不美丽，甚至会有人认为她很丑，但是在她的美丽之中有些东西并不为那些所谓的柏拉图式的完美脸庞所有。在丑陋和经典式完美之间的地带，是可以找到美丽的。一个让上千艘船只下了水的斜坡从建筑学上看并不一定正规，也许很不牢靠，就像在两种颜色之间旋转的物体一样，只要不停下来，将会产生第三种颜色。完美有一种专横的味道，也有一种枯竭的感觉，它甚至否定在创造完美的过程中观者的作用，它用明确的教条武断地发表评价。真正的美丽并不可测量，因为美丽是流动变化的。美丽只有从某些角度才为人所见，而并非所有的角度，并非永远都能看见。美丽危险地隐现在丑陋之间，有被人视为丑陋的可能。美丽并没有恰当地符合比例的数学原则，美丽产生吸引力的地方正是可能使自己显得丑陋的地方。美丽也许需要承受与丑陋共存的风险。

11. 普鲁斯特曾经说过，绝代佳人不该给人们留下想象的空间。也许是因为克洛艾牙齿的缝隙留给我想象的余地，所以才那么富有吸引力。我的想象力被她齿间的缝隙激发了：合上，分开，要我的舌头伸入。缝隙使我能够重新安排克洛艾的牙齿，她的美丽是断裂的，可以创造性地重新组合。因为她的脸既有美的体现又有丑的特征，于是我的想象被赋予责任，需要去保持这不稳定的美。因为这种美和丑的模棱两可，克洛艾的脸可比作是维特根斯坦[1]的"鸭—兔"图（见图9.3），同一幅图中包含了鸭子和兔子两种形象，就如同从克洛艾的身上可以看到两张脸孔。

图9.3 维特根斯坦的"鸭—兔"图

---

1 维特根斯坦（1889—1951），生于奥地利的英国哲学家、数理逻辑学家。

106.

12. 维特根斯坦的例子在很大程度上依赖观者的态度：如果想找的是一只鸭，那就会找到一只鸭；如果想找的是一只兔，那么同样会出现一只兔。两副图像都可以找到根据，关键是观者的倾向和意念。当然是爱使我把克洛艾想象成美丽的人（而非鸭子）。我觉得这种爱更为纯真，因为它不是产生于一张按明显确凿的比例分配的脸蛋。《VOGUE》的编辑也许不愿意把克洛艾的照片登在他们的杂志上，然而，滑稽的是，这反而增强了我的渴望，因为这似乎证实了我一直想从克洛艾身上找到的她的与众不同之处。发现一个完全符合比例的人的"美丽"又怎么算得上富有创造性？要在牙缝之间发现美丽必然需要更大的努力、更多的普鲁斯特式的想象。我不是从显眼处出发寻找克洛艾的美丽，而是从别人看不到的特征中发现她的动人之处：我已经领悟了她的灵魂，于是觉得她的脸庞生动无比。

13. 这种看似不同于希腊雕塑的美丽存在一种危险：过于依赖观者。一旦想象力决定从牙缝间移开，岂不就是找一个好的牙科医生的时候了？如果美丽存在于观者眼中，那么一旦观者的目光转向别处，又会是怎样的情景？但也许那就是克洛艾一切魅力的所在。主观的美学理论使观者真是必不可少啊。

十 爱的表白

1. 五月中旬，克洛艾庆祝了她的二十四岁生日。这之前她一直暗示自己喜欢皮卡迪利街一家商店卖的红色套衫，所以头天晚上，我就在下班时买了一件，用蓝色的纸包起来，系上粉红色的蝴蝶结。但是当我准备再送一张卡片时，握着笔的我突然意识到，自己还从来没对克洛艾说过我爱她。

2. 言爱也许并不会让人意外（特别是和一件红色套衫一起），然而我还从未向克洛艾明言，这却是有些非同寻常。套衫可以是一个男人和一个女人之间的爱情信号，但是我们还得用语言将爱情表达出来。我们关系的核心——由爱这个词组成——似乎有些说不出口，或是不值得说，或是太重要，以致还没来得及构想好。

3. 克洛艾不曾对我言爱，这比较容易理解，她一贯对语言持怀疑态度。"祸从口出。"她曾经这样说，就如麻烦会被语言创造

108.

一样，爱情也会被语言破坏。我记得她曾讲过一件往事。十二岁时，父母送她参加一个青年团体举办的假期野营。在那里，她疯狂地爱上了一个同龄的男孩。在无数次的害羞和犹豫不决之后，他们终于一起到湖边散步了。走到一片浓荫掩映的堤边时，那个男孩让她坐下。片刻之后，他握起她汗湿的手。这是第一次有男孩握她的手，她感到无比高兴，迫不及待地告诉他（用一个十二岁女孩的全部诚挚），他是"她遇见的最美好的人儿"。但是她真不应该这样说呵！第二天，她发现她的话传遍了整个营地，她傻傻的诚挚表白被人重复，嘲笑她经不起诱惑。她因为轻言而经历了一次背叛，亲密的语言成为众人的笑柄。从此她对话语失去了信心，只相信身体和行动。

4. 克洛艾习惯性地抵触玫瑰谎言，对于表白也许只是付之一笑。这并非因为她不愿意听，而是任何构想好的话语，似乎都接近陈词滥调，过于直露。并不是克洛艾不易动感情，她只是对自己的感情太谨慎，不愿用那些陈旧的社交语言（通过中介的爱）表白。尽管她对我一往情深，但奇怪的是，她从来没有对我说起。

5. 我握着笔，仍然不知该在生日卡上（封面是一只正在吹蜡烛的长颈鹿）写点什么。我觉得，不论她心里怎样抗拒，在她生日之际（充满了对诞生的荒唐尊敬），我需要用语言确认我们之间的关系。我努力想象她会怎样处理我送的这个包裹，不是红套衫，而是爱情表白的语言包裹。我想象她是独自一人，是在去上班的地铁中，或是在浴室里，或是在街上，轻松自在地把它打开，想弄明白那个爱她的男人送给她这样一件奇怪的礼物的意图。

6. 表白远远难于平常的交流。如果我告诉克洛艾，说我胃疼或我有一辆红色的车或我有一个开满黄水仙的花园，我料想她一定懂我的意思。当然，我想象中开满黄水仙的花园也许与她的想象有细小的分别，但是两个想象至少大致相同。语言会跨越我们之间的差异，就如信件安全地送到目的地一样，成为传达意义的可靠信使。但是我眼下正挖空心思书写的卡片无法担保有这样的可靠性。示爱的词语属于语言中最模棱两可的词汇，因为它们的所指缺乏稳定的含义。心路旅人已经归来，想尽力再现他们的见闻，但是语言缺少地理的定界，没有固定的纬度，只是一只稀有、从未确定种类的花蝴蝶。

7. 对同一个单词的理解也许存在分歧，但是这分歧没有学术论争的价值，而对于那些只愿直抒心曲的情人却极其重要。我们可以彼此宣称徜徉爱河，但各自心中爱的内容却可能大相径庭。用言辞表达爱就如用一台有故障的发报机发送密码情报，总是不能确定怎样才能被收到（但是还得要发送，就像蒲公英抛洒出数不清的种子，只能有一部分繁殖生长起来；随意而乐观地发出一个电报——相信邮政局吧）。

8. 我必须消除语言的差异。我费尽力气填满筛网，其中之意她能理解吗？当我的爱传送到她那儿时还能剩下多少？我们可以用似乎为我们共有的一种语言交谈，但届时却又发现词汇的含义千差万别。我们经常在同一个夜晚，躺在同一张床上，看着同一本书，后来却发现感动我们的部分各不相同，对我们来说，这书已成为两本不同的书。因此，难道在一条爱情线上不会发生同样的分歧吗？

我的心 >>>—爱—恋——> 她的心
语言
图 10.1

9. 但是这些言辞并非出自我手，已有太多的人先于我使用过，我出生时就被语言重重包围（尽管这不是我的生日）。也并非是我自己发明了语言的局限性——使用既有的语言，会带来问题，同时也带来便利，便利是因为几个世纪以来有一些共用的语言被分配用于表达爱情。尽管克洛艾和我对彼此的感觉也许并不一致，但我们都是很好的学生，知道爱情不是仇恨，知道好莱坞明星喝下马提尼酒讨论酒名时所表达的意思。

10. 我们的爱情观浸染于爱的社会染缸。当我在白日梦中见

到克洛艾时，我的梦必然伴随着既柔软又如焦糖般甜蜜的一百零
一种方式的拥抱。我不仅是在爱着克洛艾，我同时也在参加一个
社交仪式。当我坐在车里听着最新流行歌曲的歌词时，我的爱不
正在毫不费力地融入歌星那高昂的歌声吗？不正是从他意味深长
的歌词中，我发现了克洛艾吗？

难道这不美妙
拥你在我怀抱
爱着你，宝贝？
拥你在我怀抱
喔耶，爱着你，宝贝？

11. 爱无法自我释义，总是从我们庆祝生日的习俗中得到诠
释。没有其他人提示我答案，我如何知晓自己对克洛艾的感情就
是爱情？我从汽车收音机的歌曲中所辨识出来的一切，并不意味
着是对我爱克洛艾这一事实的自发理解。如果我让自己相信我在
爱，这岂不只是生活在这样一个特定文化时代——寻求和崇拜无
处不在的夸张心情——的结果？于我而言，岂不是社会，而非任
何个人的原始感情需求，成了激发爱情的因素？如果回到以前的
文化和时代里，难道我不会受到教诲去忽视自己对克洛艾的感情
（如同我现在受到教诲去忽视穿长筒袜的冲动，或无视别人发出的
决斗的挑战）？

112.

12. 拉罗什富科[1]说过这样一句格言："如果没有听说过爱情，有些人永远不会坠入情网。"难道历史没有证明他的正确吗？我预定带克洛艾去卡拉登的一家中国餐馆，但考虑到中国文化中很少有爱情表白的传统，所以也许在其他场所表白爱情更为合适。文化人类学者许烺光[2]认为，西方文化是"以个人为中心"，强调感情的重要性；相形之下，中国文化是"以群体为中心"，强调的是集体的重要性，而不是夫妻和他们的爱情（尽管老子餐馆的经理仍然高兴地接受了我的预订）。爱情绝非一个一成不变的事物，不同的社会对之有不同的模式和概念。至少新几内亚的马努族人就没有一个词表示爱情。在其他文化中，爱情虽然存在，却被赋予独特的形式。古埃及人的爱情诗对描写感情的羞耻、负罪或爱恨交织的矛盾心理不感兴趣，希腊人认为同性恋没什么大不了，基督教则禁止肉体放纵，却让灵魂更为色情，行吟诗人把爱情等同于永无回应的激情，浪漫主义运动则将爱情崇拜成一种宗教。生活在幸福婚姻中的S.M.格林菲尔德在发表于《社会学季刊》（6，361—377）上的一篇文章里写道，当今的现代资本主义社会还保留爱情，其目的只是：

"……激励个人——再没有其他方式可以激励他们——去履行丈夫—父亲和妻子—母亲的职责，组成核心家庭，那不仅是再

1　拉罗什富科（1613—1680），法国伦理作家，著有《箴言录》。
2　许烺光，台湾"中央研究院"院士。

生产和社会化的需要，也是保持目前存在的分配和消费产品及服务的需要。总之，是为了社会体系的正常运行，将其作为目前的要务保持下去。"

13. 人类学与历史在性爱方面充满了分歧（对于那些最终得选择自己立场的人来说有些恐怖）。英国维多利亚时代中期，手淫的女人被认为是疯狂的，会被关进收容所。在新几内亚，"男性"被认为是存在于男人精液中，所以年轻男子有一种吞食精液的传统习俗。在新几内亚艾威村子中，为了增长力量，曾经一度还有将男人杀死吞食其阴茎的习惯。曼加伊女孩的阴蒂被拉长，而在玛萨伊社会中，女孩到了青春期就将阴蒂和阴唇切除，据说是清除"童年的肮脏"。美国印第安人的一些部落中存在性别变换，男人在战争中被俘虏后，会被带进胜利者家中，承担起妻子的身份。

14. 社会就像一个上好的文具店，给了我一批标签，标识心脏的无数震颤。想到克洛艾，我时而产生的病痛、恶心和盼望，被我所在的社会归档为"L"。然而穿越大洋、回溯几个世纪，这个分类可能要归属于另一个目录。难道我的症状不可以轻松地被视为一次神人交接，是一次病毒感染或甚至是没有任何寓意的心脏病？《加尔默罗隐修规程》的制定者、阿维拉的圣特雷萨[1]

---

1 圣特雷萨（1515—1582），西班牙天主教修女，神秘主义者，倡导加尔默罗会改革运动。

114.

曾说过一种心理传感，也许就是现在的所谓性高潮。她是这样描述如何通过一个天使——一位男子——体验上帝之爱的，这位男子：

"……非常俊美，脸上充满了炽热的激情，就像一个最高贵的处于兴奋中的天使。……他握着一把金灿灿的利矛，在那铁质的末梢，如有火喷。他似乎用那利矛几番刺穿我的心，深入我的体内。……疼痛是那么锐利，以致我发出呻吟；剧烈疼痛带来的甜美感觉是那么强烈，以致我渴望持续下去，灵魂得到的满足不逊于从上帝那里获取的。"

15. 最后我决定，这张印着长颈鹿的卡片不是示爱的最佳地点，我应该等到晚饭时分。八点钟时，我驾车到克洛艾的公寓去接她，并且把礼物送给了她。她很高兴我领会了她对皮卡迪利橱窗的暗示，惟一的遗憾是（很有策略地在几天后表示出来），套衫是蓝色的，而不是她曾经想要的红色（尽管发票允许我们调换一次）。

16. 再没有比这家叫老子的餐馆更浪漫的了。在我们四周，都是一对对与我们相似的恋人（尽管我们主观感觉上的独特性不允许自己这样想）：手握着手，啜着酒，笨拙地用着筷子。

"老天，感觉好一些了。我肯定是太饿了，一整天都打不起精神。"克洛艾说道。

"怎么了？"

"因为生日，生日使我想起了死亡和逃不掉的生日狂欢。不过我想今天肯定不会那么糟糕。实际上可以说好极了，多亏了你。"

她抬头看着我，笑了。

"你知道去年这个时候我在哪儿吗？"她问。

"不知道，在哪儿？"

"被我那讨厌的姨妈带出来吃晚饭。感觉真是不好，我不停地到洗手间去流泪，很难过我的生日就是那样过的，惟一邀请我出来的人竟是我姨妈。令人恼火的是，她不停地唠叨，说不理解像我这样好的女孩怎么会没有男朋友。看来遇见你也许不是一件坏事……"

17. 她确实令人倾慕（虽然是她的心上人极其主观的看法），但是怎样告诉她才能显示我的倾心卓尔不群？爱或者忠诚或者迷恋之类的词汇已经被延绵不断的爱情故事说得太滥，被人们用得太多。当我想用既新颖又个性化而且是完全独有的语言来表达时，我还是无可避免这心灵表白之语固有的共性。

18. 餐馆帮不上一点忙，它浪漫的装饰使得爱情太可怀疑，从而不真挚。这种浪漫弱化了表白之人的意图和语言之间的联系，甚至濒临语义的失真（特别是扬声器里传出肖邦的《小夜曲》，我

116.

们之间的桌子上点上了一支蜡烛时）。看来是没有办法既用 L-O-V-E 传递爱，同时又不把最平庸的东西一起带了出来。L-O-V-E 需要一个名称，但是无论我怎样搜肠刮肚，这个词的历史还是太过于丰富：从行吟诗人到《卡萨布兰卡》，所有的一切都运用了这几个字母。

19. 情感总有偷懒的办法——引用他人的话语。我可以拿来《普通爱情词典》，为感情套用现成的词句，给它涂上谎言和蜜糖。不过这个想法令人有些反感，就好像睡在别人肮脏的被褥里。难道我没有责任成为自己爱情倾诉的作者？难道我不应该设计出与克洛艾的独一无二相称的表白？

20. 引用他人的语言总会比自己创造更为轻松，用莎士比亚或辛纳屈[1]的语言比冒险用自己疼痛的喉咙更容易。出生于语言海洋中的我们，涉身于一个不属于我们自己的语言历史，必定采用别人已经规范的语言。对那些认为是自己的爱重新创造了世界的恋人来说，他们会不可避免地与彼此结识以前的历史（他们自己的过去或过去的社会）发生矛盾。在认识克洛艾之前，我已有过爱的表白——曾经的心上人也总会庆祝生日，也许找不到最初的剖白（甚至十二岁的克洛艾在湖边已经表白过，要是拍摄下来那

---

1 辛纳屈（1915—1998），美国流行音乐歌手、电影演员。

该有多好）。就像做爱，一提起它，我就会想起曾经和我上过床的
每一个女人。

21. 因此，每一件事都夹杂有其他的记忆片断，而在我的食
物和思想之中也存在差异。当我希望餐馆里只有克洛艾时，事实
上还是脱离不了文化背景：一个男人和一个女人、一对恋人、在
一家中国餐馆里庆祝生日、西方社会的一个夜晚、二十世纪行将
结束的时候。我现在理解了克洛艾为什么害怕过生日，明白了我
们被任意地甩在文化的传送带上。我的欲望迫使我抛开直白，寻
找隐喻的表达方式。我的情意永远也不会用 L-O-V-E 来承载，
送给心上人。它必须找到另一种交通工具，也许是一条有些破损
的船，或是被延展，或是被缩减，或是不为人所见——这船不等
同于爱本身，为了更好地抓住爱的玄义，得像希伯来人的主那样
去爱。

22. 就在那时，我发现克洛艾肘弯旁边有一小盘免费赠送的
果浆软糖。我突然莫名其妙地从语义学的角度获得了清楚的认识，
我与其说是爱克洛艾，不如说是软糖克洛艾。我永远不会明白，
软糖怎么会突然那么符合我对她的感情。它似乎精确地表达了我
所处的情感状态，"爱"这个因为过度使用而沉闷无味的词，已无
法达到这样的精确程度。甚至更奇妙的是，当我托起克洛艾的手，
朝博加特和罗密欧眨了一眼，告诉她我有重要的事情要说：我软

糖她，克洛艾似乎完全领会了我的意思，说这是她听到的最甜蜜的语言。

23. 从那时起，爱情，至少对于克洛艾和我来说，已不仅仅是爱情了，它还是一件物品，这物品直径只有几毫米，甜美蓬松，会美妙地融化在口中。

十一 她有什么好？

1. 伴随着六月的第一个星期，夏天翩然而至，把伦敦变成了一个地中海的城市。人们从家中、从办公室里走出来，来到公园里，来到广场上。与炎热一起到来的还有一位新同事——一位美国建筑师。他被借用六个月，和我们共同设计滑铁卢大桥附近的一座综合写字楼。

2. "人们跟我说，伦敦每天都下雨——可你瞧这天气！"当威尔[1]和我在科文特花园广场的一家餐厅吃午饭时，他这样说道，"简直让人难以置信，我可只带了套衫。"

"没关系，威尔，这里也有 T 恤卖。"

我是在五年前认识威廉·诺特的，当时我们一起在罗得岛州设计学院学习了一个学期。他长得魁梧高大，皮肤棕褐色，总是面带机灵的微笑，满是皱纹的脸颊有探险家的味道。从伯克莱大学毕业后，他在美国西海岸发展得非常成功，被认为是同辈人中最有创意和才智的建筑师之一。

120.

　　3."喂，你有女朋友了吧？"当我们开始喝咖啡时，威尔问我道，"你和那个叫什么来着的女孩没在一起了？"

　　"噢，你是说那一段，早就结束了。我现在正儿八经地恋爱呢。"

　　"好极了，说来听听。"

　　"好，你什么时候来我家吃顿饭，见见她。"

　　"很乐意，先介绍一下吧。"

　　"她叫克洛艾，二十四岁，是个平面设计师。她人很聪明，长得也漂亮，非常有趣……"

　　"听起来真是不错。"

　　"你呢？"

　　"没什么好说的，我在与加利福尼亚大学洛杉矶分校的一个女生约会。不过你要知道，我们刚刚认识，彼此都还在试探，没怎么考虑结果，所以……还是你再谈谈这个克洛艾吧，她有什么好？"

　　4. 她有什么好？那天晚上在西夫韦连锁店 [2] 我又想起威尔的问题。当时克洛艾在收银台旁，我看着她，被她忙着把东西装进塑料袋的样子深深吸引。我从这些细微的动作上发现的魅力表明，

　　1　威尔，威廉·诺特的昵称。

　　2　西夫韦是一家大型零售连锁商店的名字，在世界很多国家开设分店。

我乐于把几乎任何事情都当作无可置疑的证据，以证明她的完美无缺。她有什么好？她一切都好。

5. 一时间，我幻想能把自己变作一盒酸奶，同样被她轻轻地、若有所思地放进购物袋，摆在一听金枪鱼和一瓶橄榄油之间。只是超市里讲求实际的气氛与我的心境不相适宜，这使我明白过来，我已经多么深地陷入浪漫的病态之中。

6. 在回停车场的路上，我赞美着她购物时令人爱慕的姿态。"别犯傻了，"她说，"把行李厢打开，钥匙在我包里。"

7. 从异乎常情的方面寻找魅力，就是拒绝对显而易见的东西着迷。从一双眼睛里或是线型优雅的嘴唇轮廓上发现魅力是再容易不过，而要从一个女子在超市收银台整理物品的动作中发现魅力，那可是困难多了啊。克洛艾的个人习惯为恋人寻找完美提供了更为广阔的空间，就如冰山露出的尖顶预示了下面巨大的冰体。难道这不需要恋人去辨出它们真正的价值吗？只有那些缺少好奇、缺少爱意的人才会认为这是毫无意义的价值。

8. 驾车回家时正是晚上交通拥堵时分，我仍然陷在沉思之中。我的爱开始扪心自问：如果在我看来是克洛艾魅力所在的地方，却被她自己认为是一时的现象或与真实的她毫不相干，那么这意味着什么？我从克洛艾身上领会到的是不是并非她实际拥有的东西？我看着她肩头轻泻的曲线，一缕头发被压在靠背上。她转过头，对我笑了，于是，在一刹那间我看见了她两颗门齿间的缝隙。我心中那位敏感、情致深切的心上人，到底在身边的这位同伴身上体现了多少？

9. 爱情不愿意承认心上人与生俱来的平庸，从而显出它的不可理喻。因此在局外人看来，恋人们都是乏味无聊的。除了把我们的心上人视作另一个普普通通的人，局外人还能从他们身上看到什么呢？我经常让朋友分享我对克洛艾的激情，我曾经与他们在电影、书籍和政治方面有很多共同的观点，但他们现在却用疑惑的目光看着我，就像无神论者看到对救世主的狂热迷信时表现的疑惑一样。在我第十次告诉朋友克洛艾在干洗店、克洛艾和我在电影院或克洛艾和我买外卖的故事之后，这些故事已经没有了情节、没有了动作，只剩下中心人物站在一个几乎没有变化的故事的中心。我不得不承认，爱情是一个孤独的追求，爱情至多只能为另一个人——被爱的人——所理解。

10. 爱情与幻想只在一线之隔，爱情与自信也只有一步之遥。这种自信与外界现实几无联系，基本上是一种个人挥之不去的自我陶醉。克洛艾包装物品的姿势当然并非生来就值得爱恋，爱情只是我决意将之归属于她手的姿势的某一样东西而已，而这姿势

在西夫韦连锁店里的其他人看来也许包含完全不同的意义。个人
于自身而言从来都无所谓好坏，这意味着爱恋或是厌恶必定出于
他人的主观感觉，也许还有幻想的成分。我想起了是威尔提问的
方式将一个人本身的性格和爱人赋予的品质截然分开。威尔没有
问：克洛艾是谁（心上人怎么会如此客观呢？），而是问：她有什
么好——一个更主观，也许更不可信的认识。

11. 在她哥哥死后不久，克洛艾（刚过完八岁生日）经历了
一个深刻的哲学思考的阶段。"我开始质疑每一个事物，"她告诉
我，"我得弄明白死亡是怎么一回事，这足以让人变成哲学家了。"
克洛艾会用手蒙住眼睛，告诉家里人说，她哥哥还活着，因为她
可以在自己的脑海中看到他，就像她可以看见家里的其他人一样。
如果她可以看到，家人又为何说他已经死去？接着，克洛艾进一
步挑战现实，并且出于对父母的憎恨，她（带着一个八岁孩子面
对敌意的冲动的诡笑）告诉他们说，只要她闭上眼睛，永远不再
想他们，就可以把他们杀掉——一个无疑会引发可以预料的非哲
学反应的计划。

12. 爱情和死亡似乎都会自然地产生内心愿望和外部现实的
种种疑问，前者使我们从它的外部存在中生发出一种信念，后者
使我们从它的空无所凭中寻求一种信念。无论克洛艾是什么或无
论克洛艾是谁，难道我不可以闭上眼睛相信自己的认识是真实

124.

的？无论她或西夫韦连锁店里的人们怎么想，难道我不可以认为自己从她的身上挖掘出来的就是事实？

13. 然而唯我论自有其局限。我对克洛艾的看法真实吗？或者，我是不是完全失去了判断能力？当然在我看来她似乎值得我爱，然而她实际真如我想象的那样值得爱恋吗？这属于为人熟知的笛卡儿颜色问题：在观者眼中，巴士也许是红色的，但是巴士果真是红色的？当几周后威尔见到克洛艾的时候，他肯定对我的判断产生了怀疑，当然他不会直言，但一切都表现在他的行动和第二天上班时他对我说的话语之中：对于一个加利福尼亚人来说，英国女人当然"非常特别"。

14. 坦白地说，克洛艾自身有时也给我这样的怀疑。记得有一次，她坐在我的起居室看书，当时录音机里正播放着巴赫的合唱曲。歌曲唱的是天堂之火、主的祝福以及被爱的人们。在暗暗的房间里，克洛艾的脸沐浴着一缕台灯光线，有些倦容，但却洋溢着幸福，看上去就如天使的脸一般，一个只是精心装扮成（到西夫韦连锁店或邮局去时）普通人，但内心实际充满最精致、最微妙、最神圣思想的天使。

15. 因为眼睛所见的只有躯壳，所以我希望这让人神魂颠倒的心上人的灵魂与躯壳保持一致，希望躯壳拥有一个相符合的灵魂，希望外表反映内心。我爱克洛艾，不是因为她的身体，我爱她的身体，则是因为她的内心。那是一个多么令人精神鼓舞的内心啊。

16. 然而如果她的脸是错误视觉产生的逼真，是一个面具、一个与内心不符的外表，那该怎么办？再回到威尔没有明言的不同看法上来吧，克洛艾的诸多方面是不是出于我的想象？我知道有些面孔会透射自身并不具备的品质，有些孩子眼中会闪烁他们那个年龄并不具有的智慧。"到了四十岁，每个人都有一张与其内心世界一致的脸。"乔治·奥威尔这样写道。但是，这种说法正确吗？或者，这是否只是一个让人们对外表放心的神话，就如经济领域里让人们相信自由市场的调节一般？认清神话的真正面目，就得面对外表可怕而无法预测的本质，并由此放弃我们对上帝赋予（或至少富有含义地赋予）的脸蛋的信念。

17. 站在离超市柜台不远处或待在起居室的恋人注视着他的心上人，开始幻想，释义她的脸、她的手势，从中寻找超脱凡俗、完美而迷人的东西。他们用心上人包装金枪鱼罐头或倒茶的姿势作为幻想的素材，然而生活不总是迫使他们成为一个轻度失眠者、总是容易在更为世俗的真实面前清醒过来吗？

18. "你难道不能关上这唱来唱去的噪音？"天使突然说道。
"什么唱来唱去的噪音？"

126.

"你当然明白我是指那音乐。"

"可那是巴赫的乐曲。"

"我知道，但是太难听了，我根本没法看《时尚 COSMO》。"

19. 我爱的就是她吗？当我再一次看着坐在房间那头的沙发上阅读着的克洛艾，我在心中问自己，或者只是关于她的嘴、她的眼、她的脸的意念组合而成的一种想法？将她的表情扩展为她的整个性格，难道我不是错误地使用了转喻，错误地将喻体当作标志和象征，取代了本体？王冠取代了帝王，轮子取代了车，白宫取代了美国政府，克洛艾天使般的表情取代了克洛艾自身……

20. 在绿洲情结中，干渴的人们想象自己看见了水，看见了棕榈树和绿荫，不是因为他们找到了证据，而是因为他们需要这些证据。极度需要产生了幻觉：干渴产生水的幻觉，对爱的需求产生了完美男人或女人的幻觉。绿洲情结从来不是完全的妄想：人在沙漠中确实看见地平线上有些东西，只是棕榈树叶已经枯萎，并已经干涸，这个地方害了蝗虫。

21. 当我和一个女人在房间独处时，她正读着的《时尚 COSMO》，在我的眼中却变成了《神曲》，那么我也同样是一个妄想症的受害者啊？

十二　怀疑与信念

1. 相对于人类爱情史而言，哲学史一直以来都不懈地关注着表象和真实之间的差异。"我想我看到了屋外有棵树，"哲学家喃喃低语，"但这会不会是我视力的错觉？""我想我看到了我妻子，"哲学家嘟囔着，却又满怀希望地加上一句，"会不会她也是一种错觉？"

2. 哲学家往往把认识论方面的疑虑局限在桌子、椅子、剑桥大学的各个学院和偶尔令人生厌的妻子这些具体有形的事物上；而当他们把这些疑虑进一步扩展到那些对我们来说意义非同小可的事物上时，比如说爱情，那么就会出现一种令人恐惧的可能性，就是说心爱之人与客观现实几无联系，不过是我们内心的幻想而已。

3. 当面对的不是生死攸关的问题时，怀疑对我们来说无关痛痒，我们尽可以去怀疑一切。对于那些不是我们生活中最根本的事物来说，怀疑是毫发无损的。怀疑一张桌子的真实性无关紧要，

128.

然而怀疑一个人的爱情是否合理却令人痛苦不堪。

4. 在西方哲学思想发展的初期，柏拉图把人类从蒙昧到文明的进程比作是从黑洞到光明的辉煌旅程。在柏拉图看来，人类生来并没有对真实性进行思考的能力，就如穴居者误以为物体投射到墙上的阴影就是物体本身一样。只有付出非凡的努力，才能抛却错觉，从洞穴中的阴暗世界走到灿烂的阳光中来，才能最终看清事物的本来面目。这个寓意深刻的故事还具有一种道德蕴涵，即对真理的追求就是人生的意义之所在。

5. 又经过二十三个世纪左右，苏格拉底式那种从错觉到真知的发展过程会为人类带来利益的论断才遭到一个道德上的、而不仅仅是一个认识论观点上的挑战。当然，在追求真理的道路上，从亚里士多德到康德的每一个人都批判过柏拉图，但没有谁去真正质问追求真理的价值何在。不过弗里德里希·尼采在其著作《善与恶的彼岸》（1886）中，终于无畏地提出这样的疑问：

在我们的内心深处，到底是什么真正需要真理？……我们质疑这种需要的价值。假如我们需要真理，为什么不要非真理或不确定的事物？甚至不要一无所知？……错误的判断不一定就否定判断……问题是错误的判断在人类进步、生命延续、物种保存，也许甚至是人类繁衍中产生了多大的影响。我们基本的倾向是，坚定地认为最错误的判断……是我们最不可缺少的东西；……拒绝承认错误的判断就是拒绝承认生命，就是拒绝生命。[1]

6. 从宗教的观点来看，真理的价值当然在许多世纪以前就已受到质疑。哲学家帕斯卡[2]就曾说过，面对世界分裂为不均衡的两部分，即宇宙中不存在上帝的恐惧和上帝真实存在的喜悦——这无疑虚无缥缈，每一个基督徒都要做出抉择。尽管有很多事实说明，上帝并不存在，帕斯卡认为人们的信仰仍然是正当的，因为即使是小而又小的可能性带给我们的喜悦，也会远远超过更大的上帝不存在的可能性带给我们的恐惧。也许爱情也同样如此。心上人不可能永远是哲学家，他们终究会产生宗教般的冲动情怀，他们终究会产生信仰和信念。与哲学家对真理的怀疑和探求不同，他们宁愿错误而爱着，也不愿心存怀疑而无爱。

7. 一天晚上，当我坐在克洛艾的床上玩着她的玩具象格皮时，这些想法浮现在我的脑海里。克洛艾告诉我说，她还小的时候，格皮在她的生活中意义非凡。它就像她的家人一样，是一个具有生命的真实人物。而且和家人相比，更富有同情心，更体谅人。它有自己的习惯，有自己爱吃的食物，有自己睡觉、谈话的方式。然而，从一个更冷静的角度来看，格皮显然只是克洛艾自己创造出来的，

---

1 引自弗里德里希·尼采《善与恶的彼岸》，企鹅出版社 1990 年版。

2 帕斯卡（1623—1662），驼背的詹森主义者，著有《沉思录》。

130.

只存在于她的想象之中。但是如果说有一件事能够破坏克洛艾和玩具象之间的关系的话，那就是质问她这只动物是否真实存在：这只毛茸茸的动物是独立于你而存在，还只是你自己的想象？于是我不禁想到，也许对于恋爱中的人也同样应该慎重，永远不要去问一位坠入爱河的人："你倾心的人是真的存在，还只是你自己的想象？"

8. 医学史上曾有过这样的病例：一个人生活在怪诞的妄想之中，他觉得自己是一只煎蛋。没有人知道他什么时候怎么会有了这样的念头。他拒绝坐下来，因为担心会"把自己弄碎"，"蛋黄会溅出来"。医生试着用镇静剂和药物平息他的恐惧，但无济于事。最后，一位医生从认可他的妄想出发，建议他随身带片面包，想坐下时就把面包垫在椅子上面，这样他就不会摔破溢出。从此，这位不明就里的病人手中就从没少过一片面包，能够多少还算正常地生活下去了。

9. 这个故事的意义在于什么？它不过表明虽然一个人可以生活在妄想之中（陷入爱河，认为自己是一只鸡蛋），如果他能够找到这种妄想的补充物（与克洛艾相似的另一位心上人，一片面包），那么一切又可以平安无事了。妄想本身于人无害，只有当一个人唯妄想是从，当一个人不能为自身创造一种可以生存下去的环境时，妄想才有害于人。只要克洛艾和我坚信永远飘忽不定的肥皂泡就是爱情，那么汽车是否真是红色与我们又有什么相干呢？

十三 亲 密

1. 克洛艾的相伴左右已成为我生命的意义之所在，但她一边盯着方糖慢慢融化在黄春菊花茶里，一边说："我们不能搬到一起住，问题出在我，我非得单独住，否则就会失去自我。这不只是一个关上门的问题，而是我内在的、心理上的问题。我不是不想要你，相反我担心只想要你而完全失去自我，所以我为自己开脱说，是由于我这个人总是邋遢。我想我得继续做拎包女人。"

2. 我是在希思罗机场第一次看到克洛艾的包：粉红的圆柱形箱体，鲜绿色的手柄。她到我那儿去的第一个晚上就拿着这个包，而且一再道歉说色彩太刺眼了，说里面装着牙刷和第二天要换的衣服。我以为是她还不习惯把牙刷和衣服放在我的房间，所以才要用包带来带去，这包不过是个临时的用具而已。但克洛艾却一如既往，每天早上都要把一切重新装进包，好像这是我们最后一次见面，好像落下甚至是一对耳环就意味着个性消融这一让人无法承受的风险。

132.

3. 她经常谈起个性消融，融入早上地铁里拥挤的人群，融入她的家庭和办公室同事，所以也暗指与心上人融于一体。她的话语解释了那只包的重要意义，它是自由、独立的象征，是保存完整的自我、恢复消融于他人之中的那部分个性的愿望。

4. 然而随着时间的推移，不论克洛艾每次是多么准确无误地把一切带来带去，她还是开始落下东西了，不是牙刷，不是鞋子，而是她自己，一点点，一片片。首先是语言，随着我学会她惯说"不曾"，而不说"从不"，惯把"从前"的"从"字发的很重，惯于在挂电话前说"保重"。她也使用我常说的"太好了"、"如果你真的这么想"。接着是习惯开始彼此渗透，像克洛艾一样，我在卧室里不开灯了，克洛艾也照我的样折报纸。思考问题时，我开始习惯围着沙发踱步，而她则像我一样喜欢躺在地毯上。

5. 彼此的潜移默化让我们亲密起来，我们不再界限分明，从此布朗运动的微粒获得了自由的空间。彼此的身体不再感受到对方目光的停留。克洛艾会躺在床上一边看书，一边把手指伸进鼻孔，掏出点什么，在指间捏成又干又硬的小团。身体的熟悉也跨越了性的吸引。闷热的夏夜，我们一丝不挂地躺在一起，却没有意识到两人的赤身露体。我们偶尔也会沉默不语，不再喋喋不休，不再害怕冷场会让人生疑（"在沉默不语中，她/他在如何想我？"）。我们都对心上人眼中的自己有了信心，不再一味地彼此取悦。

6. 伴随着亲密接踵而来的不再是对生活的哲学思考，而是大量小说一般具体的内容：克洛艾洗完澡后皮肤的气息、她在隔壁房间打电话的声音、她饥肠辘辘时胃里的响声、她打喷嚏前的表情、她醒来时的眼睛、她抖动湿伞时的姿势、梳子梳过她头发的声音。

7. 在了解彼此的性格特征之后，我们需要给对方一个新的称呼。初生爱意时，心上人的姓名是源自父母的馈赠，护照和公民登记使它正式化。考虑到心上人的卓尔不群，那么借助一个不曾有人使用过的称呼（无论怎样语义模糊）来表达这独一无二，不是很自然吗？克洛艾在办公室叫克洛艾，然而和我独处时，她则成为"蒂吉"（我们都不明白这个名字是怎么来的）。而我的新称呼的来源则是，有一次为了逗她开心，曾跟她讲起德国知识分子遭受的苦难，于是，我就被称为（也许没有那么神秘）"维尔什麦兹"[1]。这些别号的重要意义不在于我们选择了别具一格的称呼——我们完全可以称对方"普维特"或"蒂克"——而在于我们给对方另一个称呼这个事实本身。"蒂吉"表明克洛艾独有的某些东西是不为银行职员所具有的（她洗完澡后皮肤的气息，梳子梳过她头发的声音）。"克洛艾"属于她的公民身份，"蒂吉"则超越了任何政治色彩，只属于更灵动更惟一的爱情天

---

1 维尔什麦兹（Weltschmerz），德语，即悲观、厌世。

134.

地。它战胜了过去，标志着爱带来的新生、新的洗礼。相遇时，你有自己的名字，心上人说，但我将给你一个新的称呼，以表明我眼中的你有别于他人眼中的你。办公室（在带有政治色彩的场所）里，别人称你为 X，但在我的床上，你永远都是"我的胡萝卜"……

　　8. 取别号的游戏也会延伸到语言的其他领域。普通的语言交流要求直观明了（因此意图明确），亲密的语言却摆脱了这个法则的束缚，不需要明显而恒定的语义指向。它可能毫无逻辑，只是在嬉戏；可能全是意识流的表达，而没有苏格拉底对四句斋[1]富有逻辑的叙述；可能只是一种声音，而不是交流。爱解释了位于可言说与不可言说、可表达与不可表达（爱情就是理解另一个人未成型思想的意愿）之间的试探。它是乱涂乱画与建筑图之间的差异。乱涂者无须知道铅笔在划向哪里，乱涂如同风筝随风飞舞一般随心所欲，是心中毫无目标羁绊的自由。我们天马行空地聊着，从洗碗机到沃霍尔[2]到淀粉到国籍到投影到放映机到爆米花到阴茎到流产到残杀婴儿到杀虫剂到吃奶到飞行到接吻。不管语言是否正确规范，我们不会有弗洛伊德的维也纳口误，因为我们没有站

1　四句斋，也叫大斋节，封斋期一般从圣灰星期三（大斋节的第一天）到复活节的四十天，基督徒视之为禁食和为复活节做准备而忏悔的季节。

2　安迪·沃霍尔（1927—1987），美国美术家、电影制片人。20 世纪 60 年代流行艺术运动发起人和主要倡导者。

着，而是躺在床上仅凭意识滔滔不绝。任何事物都可能进入我们的话题，任何想法都可以随意发表。我们交替模仿政治家、流行明星、北方人或南方人的口音。与严格的语法学家不同，我们的句子开了头，却没有尾，而由对方补上缺少的动词，由对方接着话头，又连接到下一个句子。

9. 亲密并没有消除人与人之间的诋毁，它只是将其移到了二人世界之外。他者现在被放到了门外，证实了人们对爱情的疑虑：爱情从来都近于合谋。个人的评价成为了双人的裁判，外部的威胁由一张床上的两个人共同分担。简而言之，我们在背后对别人说长道短，但这并不总是恶毒的攻击，更多的是对平常人际交往中虚伪的规范感到难受，因此需要将积累的谎言发泄掉。因为我不能跟你谈对你性格这方面或那方面的看法（因为你不会理解，或你会太受伤害），所以我就背着你，与其他能够理解的人私下议论或谈论。在这个世界，克洛艾成了我的评判的最后一个知己。我不能对朋友或同事述说我对他们的看法，甚至我不愿意对他们产生什么看法，如今这些都可以对克洛艾畅所欲言。爱情因为找到了共同厌恶的东西而迅速升温。我们都讨厌 X 所表达的内涵即是我们互相喜欢。恋人因此成为罪犯，我们互相的忠实也就成为交流对他人不忠实的途径。

10. 爱情也许是合谋的，但至少是真实的。我俩私下里嘲笑

136.

正式场合中需要的虚假礼节。从正式的晚宴上回来，我们会嘲笑整个过程的死板，模仿我们刚刚与之礼貌道别的那些人的口音与观点。我们躺在床上，颠覆了正常生活的自重，学起晚宴上一连串彬彬有礼的对话。一个留胡须的记者吃饭时曾问过她一个问题，而现在我也学着他提出同一个问题，克洛艾会同样礼貌地回答。一边这样游戏着，她的手一边在被褥下抚弄着我的阴茎，我则用腿在她两腿间轻柔地来回摩擦。然后突然之间，我会愕然发现她手的逗留之所，会用最傲慢的口吻问她："小姐，冒昧地问一下，您在对我高贵的阴茎干什么？"她会回敬道："尊敬的阁下，阴茎高贵的行为不关您的事。"或者会从床上跳起来，说："先生，请您立即从我的床上离开，您打错了主意，我们互相还不认识呢。"在我们的亲密创造出来的空间里，生活的正规礼仪在滑稽的氛围中被重新演示。就如在一出悲剧的台后，演员们正开着玩笑，演出结束后，扮演哈姆雷特的演员在化妆室里抓住扮演乔特鲁德的演员喊叫着："操我，妈妈！"

11. 亲密不随时光流逝而去；亲密融进了克洛艾和我讲述的关于我们自己的故事中；亲密融进了只有我们两人经历过的事件中。爱情扎根于史诗的传统，与故事有着必然的联系（说起爱情总是涉及故事）。更为特别的是，爱情与历险也密不可分，它有着开始、结尾、完成、败退和胜利的清晰结构。史诗跨越了时间的正常流逝，成为一种目的，推动人物向前发展——否则读者就会厌倦地打哈欠，不再读下去。保尔和维吉妮[1]、安娜和沃伦斯基[2]、泰山和简[3]都通过反抗逆境，巩固、丰富了他们的关系。围困于<u>丛林</u>中、在发生海难的船上或是悬崖边，同大自然或社会抗争，史诗故事中的恋人们就是这样用克服灾难的气势，证明了他们的爱情的力量。

12. 在现代爱情中，历险失去了统治地位，故事不再是人物内心的体现。克洛艾和我是现代人，只会有内心独白，不会有爱情的历险。世界基本没有了爱情历险存在的机会。父母不再理会你的爱情发展，丛林已经被开垦，社会将异议掩藏在普遍的容忍之中，餐馆很晚才关门，几乎任何地方都可以用信用卡，性爱成了一种责任而不是罪过。然而克洛艾和我确实拥有一个故事，一段使我们更紧密的共同经历（过去的重量压在经常是没有分量的现在……）。

13. 那不是恐怖小说的素材，但其重要性无所不在，共同的经历成为联结我们的纽带。经历是什么？是打破礼貌的陈规旧套，暂时让我们用新奇、危险或美丽增强的敏锐观察事物。经历就是

1　保尔和维吉妮，法国作家贝尔纳尔丁·皮埃尔（1734—1814）的小说《保尔和维吉妮》中困于荒岛上的一对情人。

2　安娜和沃伦斯基，俄国作家托尔斯泰的小说《安娜·卡列尼娜》中的主要人物。

3　泰山和简，美国现代作家 E.R. 巴勒斯的小说《人猿泰山》中的男女主角。

138.

突破习惯的制约，以一种全新的方式睁大双眼。如果两人同时这样做，那么我们可以预料他们会由此走到一起。被丛林空地中的狮子惊吓的两人（如果他们能够生还的话）将会被他们的经历三角形般地结合在一起。

狮子

人 A　　　　　　　　人 B

图 13.1

14. 克洛艾和我永远不会有机会被一头狮子惊吓，但是我们却经历了一系列小小的都市奇遇。一天晚上参加完一个晚会回家时，我们看到了一具死尸。尸体就躺在夏尔伍德街和贝尔格雷夫路的拐角处，是一个女人，乍一看，就像喝醉了躺在路上睡觉似的，没有血，也没有打斗的迹象。但是当我们快要走过去时，克洛艾注意到那个女人的肚子上露出个刀柄。在经历这样的死尸事件之前，我们对自己的同伴了解有多少呢？我们朝尸体跑过去，克洛艾用护士／教师似的口吻告诉我不要去看，说我们应该报警。她查看了那个女人的脉搏（但实际上她已经死了），但一点也没有破坏现场。我不禁惊讶于她的行家本色。但是在警察问讯时，她一下子失控，啜泣起来。此后好几个星期，那把刀柄一直留在她脑海里，挥之不去。那是一次可怕的经历，但由此我们更贴近了。那天晚上我们一夜未眠，在我的房间里喝着威士忌，讲了许多更毛骨悚然而又逗人发笑的故事，扮演着各种尸体和警察以驱除心中的恐惧。

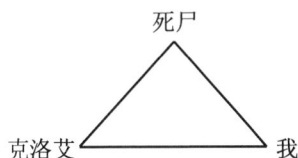

死尸

克洛艾　　　　　我

图 13.2

15. 几个月后，我们正在布里克街的一家面包店里排队时，旁边一位穿着粉红色条纹套装、风度优雅的男人悄无声息地递给克洛艾一张皱巴巴的纸条，上面潦草地写着几个大字："我爱你"。克洛艾打开纸条，迫不及待地看完后就回过头瞧那个男人。那个男人却盯着外面的街道，装作什么也没有发生，看上去只是个穿着粉红色条纹套装的男人，一脸的庄重。所以克洛艾也就若无其事地把纸条折了起来，迅速放进兜里。这件事如同那具尸体一样古怪，不过更轻松愉快一些，它成了我们经常重复的话题，我们会提起并为此打趣一番。后来在餐馆，我们偶尔也学学面包店里的那个神秘的男人，悄无声息地把一张纸条迅速递给对方，不过上面写的只是请把盐递给我。周围的人看到我们哈哈大笑，一定觉得古里古怪，不可理喻。但这就是重复话题的意义：回溯一些事情，他人因为不在场而无法理解。所以这种只有两人知道的语言让旁边的人莫名其妙，也就不足为奇了。

16. 两个人越是熟悉，他们在一起使用的语言就越会脱离常用的、词典里的释义。熟悉会创造出一种全新的语言，一种亲密的室内语，有关他们共同的故事，不易为他人理解。这语言凝结了他们共同的经历，包含了关系进展的过程，使得与心上人谈话有异于跟他人交谈。

17. 实际还会有更多的共同经历：我们遇见的人，或我们看到、做过或听说过而且以后还会再谈论的事。共同的经历让我们无比欣慰：包括我们在一次宴会上认识了一位教授，他正在写一本书，书中称弗洛伊德的妻子才是精神分析学的真正创立者；我的朋友威尔·诺特，他的加利福尼亚人的习惯经常逗人发笑；我们买来陪伴克洛艾的大象的玩具长颈鹿；还有一次在火车上碰到一位会计，她告诉我们说她的手袋里总带着一支枪……

18. 这类奇闻轶事本身并不那么有趣，但只有克洛艾和我两个人知道，这些重复的话题很重要，因为它们使克洛艾和我感觉到彼此不再陌生，我们共同经历了一些事情，我们记住了共同发掘的事物的含义。不论这些重复的话题多么微不足道，但它们就像水泥块一样牢不可摧。借助这些话题创造出来的亲密语言使我和克洛艾（不需要一起走出丛林、杀死蛟龙，或住在同一个公寓里）深深认为：我们共同创造了一个世界。

十四　"我"的确认

1. 七月中旬，一个星期天的下午，我们坐在坡托贝罗路上的一家咖啡馆里。那天天气不错，我们一边晒太阳，一边看书，在海德公园度过了大半时光。但是大约从五点钟起，我的心情不觉间沮丧起来。我一直在抑制想回到家躲在被褥下的念头，只是因为没有什么特别的理由让我这样做。一直以来，周日的夜晚都让我感到悲伤，让我想起死亡，想起未竟的事业，让我有罪恶感，有失落。我们就那样默默无语地坐着。克洛艾在读报纸，我看着窗外的车辆行人。突然克洛艾探过身来，吻了我一下，然后低声说："你又是一脸迷路孤儿的表情。"以前从来没有人这样讲过，但是当克洛艾说出来时，它立刻就和我当时心中所感受的那种纷乱而莫名的忧伤不谋而合，并且让忧伤有所减轻。我感到内心对她一阵强烈的（也许这并不成比例）爱——因为她的话语，因为她意识到我当时无法确切阐明的感受，因为她愿意进入我的内心世界，将它具象化。感谢她提醒一位孤儿意识到自己是孤儿，从而为他的心灵找到一个归宿。

2. 也许我们真的并不存在，直到有人目睹我们生存在这个世界；也许我们并不能言辞达意地述说，直到有人能理解我们的语言。从本质上来看，只有被人爱恋时，我们才真正获得了生命。

3. 人是"社会的动物"，此言意义何在？它不过表明人们为了界定自己、获得自我意识而彼此需要，这不为软体动物或蚯蚓所有。如果没有周围人的折射告诉我们止于哪里，别人又是始于何处，我们将无法获得对自己的正确意识。斯汤达曾说"一个离群索居的人可以得到一切，但没法获得个性"，也就是说个性诞生在他人对自己的反应之中。因为"I"这个字母不是一个完整的结构，它的流动状须求助于他人给予的轮廓。我需要一个来帮助我承载自己的历史的人，一个对我了如指掌的人，一个了解我有时甚于我对自己的了解的人。

4. 没有爱，我们就没有能力定位一个合适的身份；拥有爱，我们就可以不断确定自我的存在。在宗教中，上帝的注视对每个人都那么重要，这不足为奇，因为被上帝注视，我们就可以确认自己真实存在，如果能与眷爱我们的上帝或心上人交往就更美好无比了。只有在那个对我们来说就是一切的人（我们对那人也是如此）的目光中，我们的存在才获得了合理性。周身聚绕着那些恰好不记得我们是谁的人，那些过去曾与我们交往甚多，却反复忘记我们结了多少次婚、我们有几个孩子、我们是叫布莱德还是比尔、凯特丽娜还是凯瑟琳（我们也如此忘记他们）的人，如果能够有一个人将我们牢记心头，从而让我们在他／她的臂弯里找到我们精神分裂症的避难所，这难道不让人感到欣慰吗？

　　5. 如果从语义上说，爱情和兴趣可以互相替换，这并不是巧合。"我爱蝴蝶"即"我对蝴蝶感兴趣"。爱一个人就是对他们怀有极大的兴趣，由于这种关注，他们的所作所为才获得了意义。通过她的理解，克洛艾在与我相处时的行为渐渐添加上了一些可称为"我"的确认的部分。她对我许多情绪的直觉理解、她知道我的趣味、她对我讲述我的一些事、她记得我的日常生活规律和习惯习性，以及她幽默地说出我的那些病态的恐惧，这当中有一大批各种各样的"我"的确认。就如手套反映手的轮廓一样，心上人凸显出我们的性格。克洛艾知道我有疑心病、我害羞、我讨厌打电话、我一天必须得睡八小时、我不愿吃完饭还在餐馆逗留、我以礼貌回敬他人的冒犯、我更愿意用"也许"而不直接说"是"或"不是"。她会引述我说过的话（"你上次说你讨厌那种嘲讽的方式……"），记住我做的事——好坏都有——表示她把握了我的性格（"你总是惊慌失措，每当……""我从来没碰到像你这么经常忘记给车加油的人……"）。因为克洛艾的存在，我更加深刻地透视自我，迈向成熟。是心上人的亲密点出了他人不愿直言的诸多性格特点，点出了也许让我们难以面对的方方面面。克洛艾屡次坦言，我戒心过重，我吹毛求疵，我缺乏友善，我容易妒忌，

144.

我惹人怜爱的幼稚,我容易否定(实际是正确的)事物。每当这时,我就必须直面普通反省(为了内心和谐)无法触及的方面,直面他人无心关注的方面,直面在卧室里才能真实展露的方面。

6. 爱似乎为两种个性消融所束缚——生活在众目睽睽之下的个性消融,存在于孤独寂寞之中的个性消融。克洛艾一直以为前者更危险怕人。早在童年就受到压抑的她曾经把长大成人看作是摆脱那些关注她一举一动的目光的机会。她曾幻想独居异国,宽敞的白色房屋,明净的阔窗,简洁的家具,这一切标志着她逃离了那个充满难以忍受的目光、从而让她心力交瘁的世界。十九岁时,她实现了自己的愿望,离家千里,去了举目无亲的亚利桑那州,住在一个小镇边缘的木屋里。怀着不成熟的浪漫主义想法,克洛艾带去了整整一箱经典小说,打算伴着那荒山景色中的日升日落,去阅读,去评注。然而不到几个星期,她就开始感到自己曾梦寐以求的离群索居令人迷茫,让人害怕,有如幻境。每个星期在小市场上和别人交谈时,她为自己的声音感到震惊。她开始习惯盯着镜子里的自己去获得一种存在的感觉,一种身体有形的感觉。一个月后,她终于无法再忍受那种独居的虚无感,离开小镇去了凤凰城的一家餐馆做女招待。当她到达凤凰城时,迎面而来的社会交往令她惊恐不已,她发现自己连一些最基本的问题,诸如她过去干了些什么都无法回答。她已经完全失去了"我"的意识,连自己的经历似乎都无法用语言表述出来。

7. 如果爱情让我们看清自己，那么孤独自守就如同不再使用镜子，让我们凭空想象自己脸上的划痕或麻点的模样。不管有多么糟糕，镜子至少给我们一种自我的感觉，还我们无边的想象一个清楚的轮廓。我们是谁这种感觉并非自我生发，所以待在荒原里的克洛艾充满疑惑，她的性格轮廓已经远离了众人的目光，想象力攫住她，让她成为一个怪物，逐渐变得偏执，充满妄想。他人对我们行为的反应就好比一面镜子，因为它折射出的是我们自己无法认清的自己。他人给予我们自身无法捕捉的东西，给予我们身体有形的意识，给予我们对自己性格的认识，因此，他人必不可少。没有他人提示的答案，我会是谁？（没有克洛艾提示的正确答案，我会是谁？）

8. 经过很长时间我才能把握克洛艾的性格，才能看清她在自己的故事中扮演的角色，那是从她自己的生活中展现性格的故事。我只能慢慢地从她万千言语和行动中发现她犹如丝线般的个性，捕捉蕴涵着她的丰富性的支点。要了解一个人，我们必须由点到面地诠释。要完全了解一个人，从理论上说，必须与此人共度生命中的分分秒秒，分分秒秒地深入他们的内心。然而我们无法做到这些，于是我们就成了侦探和分析家（心理侦探），把条条线索拼成一个整体。然而我们通常都来得太晚，罪行已经犯下，木已成舟，从而不得不从沉淀下来的迹象中慢慢重新描述过去，有如我们梦醒时分释梦一般。

9. 如同医生用手触及病人的身体一样，我凭着直觉去了解克洛艾的灵魂深处。我只能通过外在的表象听诊内在的东西，试图寻找心情陡坏、刻骨仇恨或欣喜若狂的缘由，从中知晓克洛艾的个性。但是这要花去太多时间，而且我像在追赶一个移动的目标，总有慢一拍的感觉。比如说，我需要一段时间才能了解到克洛艾宁愿独自承受痛苦，而不愿惊扰别人的个性。一天早上，克洛艾告诉我说，她头天晚上病得厉害，甚至还开车去一家通宵诊所看了病，她一直轻手轻脚，怕吵醒我。我的第一个感觉就是充满困惑的气愤——为什么她对我一声不吭？我们的关系真的疏远到甚至危急的情况下她也不愿把我叫醒？但是我的生气（只是一种妒忌）并不成熟，它没有考虑到我日后将逐渐了解到的诸多东西，即，克洛艾宁可责备自己、痛斥自己也不愿回击或叫醒他人，这些是她根深蒂固而又反常的性格特征。她甚至奄奄一息也不会叫醒我，因为她不希望别人为她担负任何责任。一旦我了解了她性格中这样的特点，那么她行为的众多方面都可被理解成是这些特点的体现——她从未对父母的无情有过一点怨言（最多只有几句挖苦之词），她对工作的投入，她的自我贬抑，她对自怜之人的鄙视，她的责任感，甚至她哭泣的方式（无声的啜泣，而不是歇斯底里的号啕）。

10. 如同电话技师从混乱的导线中找出主线一样，我从变化着的克洛艾的行为中辨别她的主要性格。我开始发现每当我们和

别人一起在餐馆吃饭时，她讨厌付账时的僵持，宁可一个人包揽
也不愿看到为了区区小钱而争执不下；我开始感觉到她不愿受束
缚的渴望、她天性中想逃到荒原的一面；我钦佩她视觉上永不枯
竭的创造力，这不仅体现在她的工作上，同样也体现在她摆放餐
具或花束的方式上；我开始注意到她与其他女人打交道时的笨拙、
和男人们在一起的轻松自如；我看出她对那些她自认为是朋友的
人极度忠诚，有着本能的团队观念。通过对这些性格的把握，克
洛艾在我的思想中渐渐成型，具有了整体意义。她成了一个稳定
的、让我多少可以把握一点的人，一个我无须询问就可以猜出她
对某部电影和某个人的看法的人。

11. 但是担任克洛艾的镜子并不总是那么容易。这面镜子不
像真正的镜子那样被动。这是一面主动反映他人形象的镜子，一
面移动不定的搜索镜，一面寻找移动物体的形状、寻找他人极其
复杂的性格的镜子。这是一面握在手里的镜子，握住镜子的手因
为有自己的兴趣和关心的事物，所以并非一成不变——真实存在
的那个人与我们期盼中的影像是重叠吻合的吗？你在她身上发现
了什么？理智问着镜子；你想从她身上发现什么？心灵问着镜子。

12. "我"的确认其危险在于我们需要他人来认可我们的存
在，从而是否给予我们正确的评价也就完全听任他人了。如果如
司汤达所说，没有他人我们就没有个性，那么与我们同床共枕的

人一定是一面上乘的镜子——否则我们最终将残缺不全。如果爱我们的人全然误解我们，如果爱我们的人缺乏与我们的共鸣，否定我们的某一方面，那么一切又会怎样？此外，还有更大的疑虑：出于好或坏的用心，他人是否会（因为镜子表面永远都凸凹不平）歪曲我们的本来面目？

13. 我们会因为他人的看法而给自己定格，所以不同人会使我们获得不同的自我感觉。这种自我可以比作是一只变形虫，它的外壳可以灵活伸缩，从而适应环境。这并非是说变形虫没有大小，它只是没有自己界定的形状。我有荒诞主义者的一面，于是有人会认为我是荒诞主义者；我有严肃的一面，于是我又成了一个严肃的人。如果有人认为我害羞，那么我可能一直要害羞下去；如果有人认为我滑稽有趣，我则可能不停地讲笑话。这是一个循环的过程：

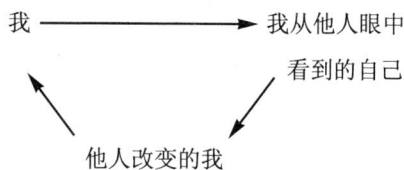

我　————————→　我从他人眼中
　　　　　　　　　　看到的自己

他人改变的我

图 14.1

14. 克洛艾曾和我父母一起吃过一顿午饭，然而她自始至终一言未发。回到家后，我问她是怎么回事。她说自己也搞不懂。她曾试着活跃些，有趣点，但是桌子对面的两位陌生人让她产生的疑虑，使她不能展示一贯的自己。我的父母并没有明显的过错，但他们身上却有一种东西令她一句话都说不出。这表明他人为我们的个性贴示标签并不是一个非常显露的过程。多数人不会强迫我们成为何种人，他们只是通过自己的反应表示出这一点，因此就这样轻而易举地将我们钳制在既定的模式之中。

15. 几年前，克洛艾在伦敦大学读书时认识一位学者。这位精神分析学家已经有五部著作问世，此外还为很多学术杂志撰稿。他留给了克洛艾一份遗产——一种不确定的感觉，感觉自己神经不正常。他是怎么做到这一点呢？克洛艾同样搞不懂。甚至不需要语言，这位哲学家就成功地根据他的成见塑造着克洛艾这只变形虫，也就是说，作为一个漂亮的年轻学生，克洛艾应该把有关自己思想方面的事交给他。于是，如同本身自会成为事实的预言一样，克洛艾开始无意识地按判定的性格行事，就像这位著书五部、为很多学术杂志撰稿的聪明哲学家完成的学期报告一样。最后克洛艾感到自己就像哲学家说的那样傻瓜透顶。

16. 人生的发展顺序意味着，孩童从来都是先有第三人称视角的评说（"克洛艾不是一个机灵／丑陋／聪明／愚蠢的孩子吗？"），其后自身才获得影响评说的能力。结束童年时代可被理解为是努力更正他人或给我们讲故事的父母对我们的错误评说。但是这种对评说的斗争会一直延续下去，这是一场围绕着判定我

150.

们是谁的宣传战，许多的利益集团争着宣布他们对事实的看法，要求人们倾听他们的说法。但现实还是扭曲的现实——要么出于敌人的妒忌，要么出于漠不关心者的忽视，要么是我们以自己为中心的盲目。甚至爱上一个人也包括一种不成熟的先入之见，远离了真正的理解所需的中立态度，是一个没有多少根据的决定：心上人是世界上最有天赋、最漂亮的人儿——虽然是一个令人愉快的歪曲，但终究是歪曲。通过他人来确认自己就如看哈哈镜一般：矮小的个头突然一下子三米高，瘦弱的女人变成了庞然大物，胖子却又苗条了，我们有了长颈鹿的脖子大象的脚，一副难看的样子或圣徒般的庄严面孔，一个很大或很小的脑袋，一双美腿或根本没有腿。就如那喀索斯[1]那样，看着自己在另一双水汪汪的眼睛中的映影时，我们注定有些失望。没有谁的眼睛能完全容下我们的"我"。我们总会被致命地或无关大局地砍去某一部分。

17. 当我告诉克洛艾说，人的个性有点像变形虫时，她笑了起来，告诉我说，她读书时就喜欢画变形虫，说着就拿起一支铅笔。

"把报纸给我，我给你画出我这只变形虫在办公室里时和与你在一起时的不同。"

于是，她画出了以下的图形：

1　那喀索斯，希腊神话中的美少年，拒绝回声女神的求爱而受到惩罚，死后变为水仙花。

办公室中的克洛艾　　　　　　　家中的克洛艾

图 14.2

"那些凹凹凸凸的地方代表什么？"我问。

"噢，那是我与你在一起时感到的变化不定。"

"什么意思？"

"你知道，你给我空间，所以我感到比在办公室里时复杂一些。你对我有兴趣，你更了解我，所以我就把它画得凹凸不平，这样才有些接近事实。"

"我明白了，那么这条直直的边呢？"

"哪儿？"

"在变形虫的东北边那个部分。"

"你要知道我的地理连普通考试[1]都没通过。对了，我想我明白了其中的原因。你并不了解我的一切，对不对？所以我觉得最好还是画得真实一点。这条直线代表我还不为你所了解，或者说

1　普通考试指英国学生到十六岁时参加的考试，及格可获普通教育证书。

是还没有时间和素材去了解的一面。"

"原来如此。"

"看在上帝的分上，请不要把脸拉得那么长。要是那条直线给画成了波浪线，你不会再想要知道我什么了！别担心，如果真有那么严重，我这会儿就不会是这样一只快乐的变形虫了。"

18. 克洛艾画一条直线意味着什么？只是意味着我不可能全部了解她——也许并不奇怪，但提醒着我和她之间的共鸣也有限。是什么使我的努力变为徒劳？我只能通过或借助自己关于人类本质的一点概念透视克洛艾。对克洛艾的了解只是我希望了解他人的诸多方面的一个变体；对克洛艾的了解须得借助我过去的社会阅历。就像一位在落基山脉中确定方位的欧洲人会说"这儿看起来像瑞士"一样，当克洛艾心情沮丧时，我也只能这样想："这是因为她感到 X……就像我姐姐……"我和各色男女交往的经验都用来了解克洛艾——我对人性所有非常主观的，从而也被扭曲的理解都派上了用场，这些理解是建立在我的生物学、阶级观念、国家观念以及性格分析法知识之上的。

19. 心上人的目光可以被看作是串肉扦。面对我们复杂的性格，每一位心上人只会关注一部分，而忽略其他部分。举例说，当我注视克洛艾时，我关注到的（或我欣赏的或我理解的或我认同的）部分是：

>>—好嘲弄人—眼睛的颜色—两颗门齿的间距—聪慧—烤面包的技术—母女关系—对社会问题的忧虑—喜爱贝多芬的音乐—讨厌惰性—爱喝黄春菊花茶—反感势利小人—喜欢毛料衣服—患有幽闭恐惧症—希望诚实不二—>

但这些并不是克洛艾的全部。如果换一根串肉扦，我也就成了另一位恋人，也许会在她身上体察到另外的东西：

>>—热衷于健康饮食—脚踝—爱逛露天市场—有数学天赋—姐弟关系—喜欢夜总会—对上帝的看法—偏爱米饭—欣赏德加[1]—爱好滑冰—乡村远足—反感车载音乐—喜爱维多利亚时代的建筑—>

20. 虽然我感到自己非常投入地探究克洛艾的复杂性格，但由于无法与克洛艾产生共鸣或由于我的不成熟，必然还会有很多缩略的时刻和领域不为我了解。对于最不可避免而又缩略最多的方面，我只能作为局外人与克洛艾的生活发生联系，她的内心生活我可以想象，但无法亲身感受，对于这一些，我感到愧疚。我们被我／你两极分成了我和非我。所有的神秘感和距离感都暗示着（体现在我们只能独自死去的想法之中的不可避免的距离感……），不论我们贴得多近，克洛艾终究还是另一个人。

---

1 爱德加·德加（1834—1917），法国画家，早年为古典派，后转向印象派。

154.

21. 我们渴望没有直线分界的爱情，渴望自身性格不被削减的爱情。我们病态地拒绝他人给我们分类，拒绝他人给我们贴上标签（男人，女人，富人，穷人，犹太人，天主教徒等等）。我们的拒绝与其说是因为标签的不正确，还不如说是由于标签无法精确地反映不可分类的主观感觉。对我们自己而言，我们永远不可能被贴上标签。当我们孤身一人，我们就是一个纯粹的"我"，我们在被标示的几种角色之间毫不费力地转换，全无他人的成见强加给我们的约束。有一次，当我听到克洛艾说"这家伙我几年前认识"的时候，我突然非常难过，想象自己在几年后（另一个男人与她隔着金枪鱼沙拉面对而坐）也将被她描述成"这家伙我以前认识……"。她随意地提起过去的恋人给我提供了必要的参照，使我意识到无论此时我对她来说是多么特殊，我仍然只存在于某些定义（"一个家伙"，"一位男友"）之中，我只是（无论多么特殊）克洛艾眼中的一个映像而已。

22. 但是由于我们必须由他人来贴上标签、赋予个性、给出定义，我们最终爱上的人从定义上说就是足够好的串肉扦，有人爱我们多少是由于我们认为自己有值得人爱的方面，而有人理解我们多少是由于我们有需要理解的地方。克洛艾的灵魂和我走到一起表明，至少眼下我们已经获得足够的空间，以我们天生的流状所需要的方式来发展。

十五　情感的周期波动

1. 语言以其稳定性掩盖了我们的优柔寡断。世界分分秒秒都在变化，语言却让我们掩身在一种稳定持久的假象之下。"没有人能两次踏进同一条河流。"赫拉克利特说。哲人意在表明事物不可避免的变化，但他忽略了一个事实，即如果代表"河流"的单词没有更改，那么重要的一点就是，我们踏进的仍然是同一条河流。我身陷爱河，但我这纷扰多变的感情又怎一个"爱"字了得？与这份爱相连的背叛、厌倦、恼怒和冷淡会不会也被包含其中？能否找到一个词精确地反映我的感情注定要出现的举棋不定？

2. 我拥有自己的名字，这名字将伴随我终生——照片中，六岁的"我"和六十岁的"我"都是用相同的字母组成的那个名字来代表，尽管岁月也许已将我改变得面目全非。我把树称为树，尽管斗转星移，树已非昔日。随季节的变化为树命名会带来混乱，所以语言赋予它持久不变的名称，而忽略了一个季节树叶茂盛，在另一个季节却徒剩秃枝。

156.

3. 因此我们每前进一步，就缩略一分，我们只取主要特征（一棵树，或一种感情状态的主要特征），把部分标示为整体。同样，当我们讲述某个事件时，我们所述说的只是发生时的一个片段。一旦这个时间被讲述，就它抽象了的意义和述说者的意图而言，其多样性和矛盾性已不复存在。述说的部分体现了那个被记住的时刻其内容的贫瘠。在克洛艾和我的情爱故事的跨度中，我的感情经历了那么多的变化，以致仅仅称之为"陷入爱河"似乎是将发生的诸多事情无情地删减去。迫于时间，加上急于将之简化，我们只能省略地讲述、记住，否则我们将会为对方曾经对这份感情的犹豫不决和几度动摇而心痛不已。当下的内容被删汰之后，先成为历史，然后成为我们怀旧的素材。

4. 克洛艾和我曾一起在巴斯[1]度过一个愉快的周末。我们参观了罗马的浴室，在一家意大利餐馆吃饭，星期天下午绕着月牙形的街道散步。现在看来，在巴斯度过的周末还剩下什么？不过是几幅存在于脑海里的照片而已——旅馆房间的紫色窗帘；从火车上、公园里眺望到的城市景观；放在房间壁炉上的钟。这些尚可以描绘，而感情上的诸多内容更为粗略，更是所剩无几。我记得当时很开心，我记得爱着克洛艾。然而如果我强迫自己回忆，而不只是依赖即刻激活的记忆，那么我能找回更为复杂的内容：

1　巴斯，英国英格兰西南部城市，以温泉著称。

对拥挤的博物馆的恼怒；星期六晚上睡觉时的焦虑；进食牛肉片后轻微的消化不良；巴斯火车站恼人的列车晚点；在出租车里与克洛艾的争吵。

5. 因为语言让我们能够用愉快这个词来回忆曾在巴斯度过的那个周末，从而赋予这个夜晚一种可驾驭的条理和名分，所以我们也许可以原谅语言的虚伪。然而人们不得不一次又一次地面对这个词掩盖之下的变幻不定，赫拉克利特的河流波涛汹涌——当只剩下字母作为这个词的连接时，人们期盼事件本身所承载的简单明了的含义。我爱克洛艾——这听起来再轻松不过，就如有人说他们爱苹果汁或爱马塞尔·普鲁斯特一样。但是真正的现实却更为复杂，以致我尽力不对任何时刻作一个结论，因为说了这点，自然又漏了那点——每一个断言都意味着压制成千个相反的结论。

6. 当克洛艾的朋友爱丽丝邀请我们在一个星期五晚上吃晚饭时，克洛艾接受了邀请，还预言说我会爱上爱丽丝。后来共有八个人围坐在一张四人桌旁，大家把食物送进嘴时，胳膊免不了撞在一起。爱丽丝在艺术委员会做秘书，独自住在巴尔厄姆的一栋公寓的顶层。坦白地说，我确实有点爱上她了。

7. 和心上人厮守令我们幸福无比，对他们的爱也必然阻止我们（除非生活在多夫妻制的社会）去开始另一段浪漫的恋情。但

158.

是如果我们真心爱上其他人，为何这尚未消退的爱让我们感受到失落？答案也许就在于一个令人并不自在的想法，即虽然我们解决了爱的需求，却并不总能满足我们的渴望。

8. 看着爱丽丝说话，看着她点上熄灭的蜡烛，看着她端着一大堆盘子冲进厨房，看着她拂去脸上的一缕金发，我发现自己沉浸于浪漫的怀旧。当命运安排我们与本会成为我们爱人的人儿——但我们又注定无法知晓是谁——相见之时，这浪漫的怀旧就油然而生。又一种情感生活选择的可能性让我们意识到，我们此时的生活只是千百种可能性中的一种，也许是因为不可能一一去体验才让我们倍感忧伤。我们渴望回归不需要选择的时代，我们渴望避免选择（无论多么美好）必然带来的失落所产生的忧伤。

9. 在城市的街道上，或拥挤的餐馆里，我经常会注意到有成百上千的（背后甚至有成百万）女性与我同时生活着，但是对我来说她们注定是无法解开的谜。虽然我爱克洛艾，但看到这么多的女人，我偶尔也会心存遗憾。每每站在列车站台上，抑或是在银行里排队时，当我看到某一张面孔，或听到某个谈话的只言片语时（某人车坏了，某人大学毕业了，一位母亲身体不适……），我心里会掠过片刻的伤感，为无从知晓余下的故事而伤感，我会构想一个也许合适的结局来安慰自己。

10. 吃完饭，我本可以坐在沙发上和爱丽丝交谈一会儿，但有一种什么感受使我只想无所事事，坐在那里梦想。爱丽丝的脸，在我的内心里激起了微微的波澜，没有清晰的形状，没有明显的意图，而我对克洛艾的爱并没有因此而消失。陌生的事物映射出我们最深、最无法表达的渴望。陌生的事物是致命的命题：屋子对面的脸蛋将总是排挤走我熟悉的事物。我可能爱着克洛艾，但因为我了解她，所以我并不渴望她。渴望不会总是落在我们认识的人那里，因为她们的品质已被我们了如指掌，从而缺乏渴望所要求的神秘感。一张瞥过几眼或几个小时后就消失不见的脸是我们无法成形的梦想的催化剂，是一个虚无的空间，一个不可估量的欲望，无法攻克，不可诠释。

11. "那么，你爱上她了吗？"坐在车里时，克洛艾这样问我。
"当然没有。"
"她符合你的标准。"
"才不是呢。再说，你知道我爱的是你。"
在典型的背叛情节中，一方问着另一方："你口口声声说爱我，怎么又背叛我，和 X 好上了呢？"但是如果把说话的时间考虑进来，那么在背叛和爱的表白之间就没有不一致的地方。"我爱你"只能理解为"我现在爱你"。从爱丽丝家吃完饭回去的路上，我对克洛艾说我爱她，这确实不是假话，但是我的话是有时间限制的诺言。

12. 如果我对克洛艾的感情有所改变，那么部分原因也是由于她自己不是一个不可变体，而是一个永久变化的含义载体。她的工作和电话号码的一成不变只是一个错觉，或者更确切点，是被简化了。面对一双全神贯注的眼睛来说，她的脸随着她的生理和心理状态的改变而瞬息万变，我们会注意到当她面对不同的人时或看过不同的电影之后，她的口音就发生了改变；当她疲劳时，她的肩头会斜下来；当她倍感自尊时，她的身体就挺拔些。她星期一的脸色会全然不同于星期五，她悲伤时的眼神不同于她恼怒时，她读报时手上的静脉不同于洗澡时。从不同的角度去看，她会有不同的脸：越过桌子看到的脸，接吻前拥抱时的脸，或站在站台上等车时的脸。同样会有多个克洛艾：和父母在一起的克洛艾，和心上人厮守的克洛艾，微笑的克洛艾和刷牙的克洛艾。

13. 我本应该成为一个不受限制的传记作家，描绘这万千变化，但是我却生性怠惰。疲倦通常意味着让克洛艾生命中最丰富的一部分——她的行动——悄悄溜走而未被注意。我会长时间地忽略（因为她于我而言再熟悉不过）她身体的所有变化，无视她脸上的道道皱纹，疏虞星期一的克洛艾不同于星期五。她的存在对我来说已是一个习惯，是我思想之眼的一个稳定的形象。

14. 然而终有一天，习惯的光滑表层会破裂开来，我得以用

全新的眼光再次审视她。有一个周末，我们的车在高速公路上抛
锚了，只好打电话求助。四十五分钟后，汽车协会的车来了，克
洛艾走上前与那个头头交涉。端详着她与陌生人讲话的样子（通
过这个男人得以证实），我突然感到她显得陌生。我注视着她的
脸，倾听她的声音，全然没有了来自熟悉感的那种单调乏味，我
打量着她，就如打量一个素不相识的人，她不再是往日的克洛艾。
我打量着她，摆脱了时间强加的成见。

15. 看着她谈论火花塞和汽油过滤器的样子，我的心中突然
涌上一种不可抑制的欲望。习惯的打破带来疏远的效果，使克洛
艾在我眼中变得不可知，变得异乎寻常——因而使我对她产生强
烈的欲望，就像从没有触摸过她的身体一样。汽车协会的人只用
了几分钟就把问题找出来了，是电池出了毛病。接下来我们准备
上路回伦敦了，但是我的欲望却发出了信号。

"我们得停下来，得去旅馆或把车停在乡间小路上。我们要
做爱。"

"为什么？出了什么问题？你想干什么？求你了，不要现在，
天啦……哦，主啊，不……，好吧，等一下，我们得先把车停下
来，在这儿拐弯吧……"

16. 陌生的那个克洛艾所产生的吸引力提示了变化——从穿
着衣服到脱去衣服的变化——与性爱之间的关联。我们在四号高

速公路旁的小道上停了车。我伸过手去，透过薄薄的衣服抚摩她的乳房，疏远感的恢复激发了我的情欲。肉体迷失了又得到回归。这是裸露与衣饰之间、熟悉与陌生之间、终点与起点之间的令人欣喜的间隔。

17. 我们在克洛艾那辆大众车后座的一大堆行李和旧报纸堆里做了两次爱。虽然愉悦缠绵，然而突如其来、无法预料的欲望、撕扯着彼此的衣服和肉体的疯狂都提醒我们汹涌的激情具有的毁灭性。我们为欲望所驱，把车开下高速公路，但是日后，我们难道不会在又一次荷尔蒙冲动之后再次逐渐疏远对方？把我们的情感称为周而复始，也许存在逻辑上的缺陷。我们的爱也许更像山间激流，而非季节与季节的平缓交替。

18. 克洛艾和我曾开玩笑说，我们感情的起伏不定是在实践赫拉克利特的哲学，这种哲学缓解了常人希望爱的光芒像灯泡一样始终闪亮，却又无法如愿的痛苦。

"怎么啦？今天你不喜欢我？"其中一个会这样问。

"喜欢得少一点。"

"真的？少多少？"

"不太多。"

"有没有超过 10 分？"

"今天？大概就 6.5 分，不，可能有 6.75 分吧。你对我呢？"

"天啊，小于 3 分，虽然今天早上还有 12.5 分，那会儿你正……"

19. 有一次，在另一家中国餐馆里（克洛艾喜欢中国餐馆），我体会到与他人的邂逅就如桌子中间的转盘一样，放在桌上的菜能够转动，所以客人才能前一刻吃到虾子，后一秒吃到肉。爱一个人难道不也同样如此？心上人的优点与不足轮次展露给我们。没有这种转动，我们会一直错误地维系一种固定不变的情感，保持爱或者不爱两种状态，只有两种情感体验——爱的开端与不爱的结尾，而非每天或每小时爱与不爱都在交替更换。人们有一种冲动，想将爱与恨截然分开，而不是把它们视作一个人多方面情感的合理反应。想要爱一个完美的事物和恨完全丑恶的事物，想要找到一个无可置疑的仇恨或爱恋的合适对象，这些想法都是幼稚的。克洛艾的性情是起伏不定的，我需要紧紧跟上她中式菜盘上的每一道菜的变换。而在这眼花缭乱的变换中，我感觉到的克洛艾也许是这样：

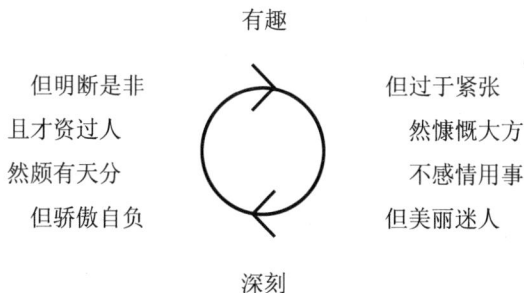

有趣

但明断是非　　　　　　　　但过于紧张
且才资过人　　　　　　　　然慷慨大方
然颇有天分　　　　　　　　不感情用事
但骄傲自负　　　　　　　　但美丽迷人

深刻

图 15.1

20. 人们通常无法知晓是什么力量在操纵情感车轮的旋转。我可能看到克洛艾以这样一种方式坐着，或听到她在谈论着那样一件事情，或突然被她激怒，虽然片刻之前我们还甜蜜缠绵、轻松无比。不仅我如此，克洛艾也常常朝我大发脾气。有一天晚上，当我们正和朋友讨论一部电影时，克洛艾突然恶狠狠地批评我说，我对他人的观点或品位总持一种傲慢的态度。我起先迷惑不解，因为那会儿我一直保持缄默，但是我猜想一定是早些时候有什么事惹恼了她，她现在就利用这个机会来泄怒——或者别人让她不高兴，我这会儿正好成了替罪羊。我们很多次争吵都有类似的莫名，感觉只是发泄情绪的借口，这情绪并非与此刻什么事情相关联或是由我们当中哪个人惹起来的。我会对克洛艾恼怒无比，并不是因为她正在厨房里清理洗碗机的杂音干扰我看电视，而是因为那天早些时候的一个生意上的电话没有谈好而让我焦虑愧疚。克洛艾也有可能是故意弄出很大杂音来表达她那天早上没有对我发的怒火。（我们也许会把成熟解释为——这是一个永远难以捉摸的目标——一种能力：公正地对待别人，把应该自我把握的情感和应该立刻表达给情感激发人的情感区分开来，而不是日后把矛头指向无辜的对象。）

21. 也许人们想知道，为何有人声称爱恋我们的同时，又对我们发一些显然不公平的怒火或怨恨。我们在内心深处掩藏了许多矛盾的情感，积淀了大量不太能或不可能控制的幼稚反应。盛

怒、残忍的要求、破坏性的幻想、性欲错乱和少年时代的偏执狂
都纠缠在那些更值得尊敬的情感之中。"我们应该永远不要说他人
负有罪过，"法国哲学家阿兰说，"我们只应该找出是什么在刺激
他们发脾气。"也就是说应该寻找隐藏在争吵或挑衅背后的激发原
因。克洛艾和我都乐于做这种尝试，但是从性变态到幼时的心灵
创伤，每一件事情都有难以处理的复杂性。

22. 如果哲学家向来提倡理性地活着，谴责被欲望驱使的生
活，那是因为理性是持久的基本原则，没有时间的限制，不存在
有效期限。与浪漫主义者不同，哲学家不会让自己的兴趣在克洛
艾和爱丽丝之间胡乱摆动，因为他的任何选择都有稳定不变的原
因支持。哲学家的欲望只有进展，没有中断。哲学家的爱情会忠
诚无比，始终如一，他们的生活就如离弦之箭的轨迹一样笔直
向前。

23. 但是更为重要的是，哲学家可以确定一个身份。什么是
身份？当一个人乐于朝某个方向发展时，也许身份就形成了：我
成了我所喜欢的那种人。从大的范围来说，我的身份是由我的向
往组成的。如果我十岁时就爱打高尔夫球，现在我一百二十岁了，
仍然热爱这项运动，那么我的身份（既是一位高尔夫球手，间接
地又是一个人）就是稳定不变的。如果我从两岁到九十岁一直都
信仰天主教，那么我的身份就不会含糊不清，不会像犹太人那样，

在三十五岁的某天醒来时想成为一个主教或教皇，而在生命终结之时又皈依伊斯兰教。

24. 一个人的向往改变得如此之快，以至其身份也永远是一个疑问，所以如同钟表迅速革新一样的感情世界也是千变万化的。如果一个情感丰富的男人今朝爱萨曼莎，明晨爱莎莉，那么他是谁？如果今天怀着对克洛艾深深的爱睡去，明天却伴着对她满腔的恨醒来，那么"我"又是谁？我没有完全放弃去做一个更理性的人。我只是碰到了一个棘手的难题：无法找到自己爱或不爱克洛艾的充分理由。客观地说，我缺乏令人信服的理由去从中做出任何一个决定，它使我偶尔对克洛艾产生的那种矛盾情绪更难以解决。如果存在合理而无懈可击（如果我敢说这符合逻辑）的理由去爱，抑或去恨，那么就会有可以重复的基准。但是，就如她的两颗门牙之间的缝隙不可能成为我深深爱她的理由一样，我真能把她抓挠手肘的姿势作为恨的根据吗？不论我们在有意地引证什么理由，我们都只会偏向于真正吸引我们的因素（从而无可挽回的悲惨失态过程则暗示着……）。

25. 与情感的间断不定相对而立的是一个自发的稳定要求：保持情感环境持久不变。稳定的冲力平息情感波动，追求平稳，避免动荡，实现渴望的连贯协调。当对另一段感情的需求出现时，当我背离或用现代小说中的精神分裂症来质问我的爱情故事时，稳定使我坚守着克洛艾和我之间的这个线形的爱情故事。当我从性梦中——梦中有前一天在商店里看到的两个女人的面孔——醒来时，发现身边躺着克洛艾，我会立刻回过神来。我规范了我的情欲发展的可能性，重新回到我的情爱故事指定给我的角色中，屈服于业已存在的巨大权威。

26. 情感波动因为环境的连贯、因为我们身边那些人更为稳定的假设而得以制止。记得有一个星期六，我们准备和朋友一起去喝咖啡，可就在出发前的几分钟，我们激烈地吵了起来。当时，我们俩都觉得吵得太厉害，以至会就此分手。然而结束爱情故事的可能性却因为朋友而没有成为事实，朋友不能面对这样的结局。后来在喝咖啡时，大家探究相亲相爱的夫妻，探究关系不破裂下的背叛，探究如何去避免它。朋友的在场平息了我们一度燃起的怒火，当我们不知自己想要什么，从而不确定自己的身份时，我们可以安身于局外人令人欣慰的分析之中。我们只注意到感情在继续，却没有意识到在我们的关系中并没有什么是不可以破坏的。

27. 心情好的时候，我们也会设计未来，从幻想中寻找安慰。爱会如同它突然而至一样在瞬间消失，因为这个威胁，我们自然会求助于虚幻的未来以加强我们现在的关系，这是一个至少延续到我们生命终结之时的未来。我们想象我们将居住在哪里，养育多少个孩子，我们将采取什么样的养老金方式，我们把那些手拉手，带着孙子在肯辛顿花园里散步的老人确定为日后的我们。为了不让爱走向终点，我们在一个夸大的时标上计划着我们共同的生活，从中获取快乐。我俩都喜欢诺丁山附近的房子，我们在想象中装修着它：在顶楼安排两个小书房；在地下室建一个设备先进的厨房，装上豪华的电器；在花园里种满鲜花、绿树。虽然一切根本不可能进展到那么远，我们却必须相信没有理由不让它这样。我们怎么可以一边爱一个人，一边又想象要与他们分手，和另外一个人结婚，和另外一个人装饰房屋？不，我们需要责无旁贷地思量两人一起慢慢变老，老到戴着一嘴的假牙退休，住在海边的一栋平房里时将会是一幅怎样的景象。如果我们对这一切深信不疑，我们甚至可以计划结婚，用这种最坚决最合法的方式迫使心灵沉浸在无尽的爱里。

28. 我不愿意和克洛艾谈起自己过去的恋人，也许这同样表明我希望一切能够永恒。那些过去的恋人们只是在提醒我，一度自以为可以永久的东西最终被证实并非如此，我和克洛艾也许会遭遇同样的命运。一天晚上，在海伍德美术馆的书店里，我碰到以前的一个女朋友，她正在书架旁翻阅一本关于毕加索的书。克洛艾在离我几步远的地方找些明信片，准备寄给朋友。我和那位前任女友对毕加索都非常感兴趣。我本可以轻松地走过去，和她打个招呼。毕竟这之前我也曾有好几次碰到克洛艾以前的恋人，她总是很坦然地面对他们。但是我却感到不自在，只是因为这个女人使我想起自己感情中变化不定的一面，而我宁愿事实并非如此。我担心自己曾经和她产生而又消失的亲密感会证实：我和克洛艾也会步此后尘。

29. 爱情的悲剧在于它无法逃脱时间的维度。当我们和眼前的心上人厮守时，回想到对过去的恋人残存的只有冷漠，这实在过于残酷。今天你愿意为一个人献出你的一切，然而几个月之后，你可能为了避开他们而走到马路对面（或书店里），想到这些不禁让人觉得可怕。我意识到，如果说我此刻对克洛艾的爱是我自身的意义所在，那么有一天我对她的爱的终结，就意味着我自身部分的消亡。

30. 如果克洛艾和我不顾这一切，仍然笃信我们的爱情，那可能是因为最终彼此爱恋的辰光远远超过（至少一段时间内）彼此厌倦和冷漠的时候。然而我们还是一直都清醒地意识到，我们称之为爱的东西，也许是更为复杂、最终并不令人满意的现实的缩略而已。

十六 惧怕幸福

1. 爱情最大的缺点之一就在于，至少在一段时间里，它具有使我们幸福的危险性。

2. 在八月的最后一个星期，我们选择去西班牙旅游——旅游（如同爱一样）是跟随梦走进现实。在伦敦时，我们为了这乌托邦式的旅行已经读过一些专门介绍西班牙租房市场的手册，并且已经租下了巴伦西亚后面山区的一套改装过的农舍。农舍位于阿拉斯-德阿尔蓬特村，看起来要比照片里的好，装修得很简单，但非常舒适，浴室也可以用，有一个覆盖着葡萄藤的平台，旁边还有一个湖可以游泳。住在隔壁的一位农民养着一只山羊，他用橄榄油和奶酪欢迎我们的到来。

3. 我们在飞机场租了一辆车，沿着窄窄的山路开到傍晚时分才到达。一到那儿，我们就跳进碧蓝清澈的湖水里游泳了，而后又在夕阳中晒干身上的水珠。接着我们回到屋里，拿出一瓶酒和

172.

一些橄榄坐在平台上，观看着太阳落下山去。

"多么美丽啊。"我用诗一般的语言说。

"确实如此。"克洛艾回应我的话。

"真是这样吗？"我开玩笑说。

"嘘，你把这景色都给毁了。"

"没有，我是认真的。这景色确实很美。我从未想到世界上还会有这样的地方。它似乎与世隔绝，就像一个没有人忍心破坏的乐园。"

"我可以在这儿过我的后半生。"克洛艾叹息道。

"我也一样。"

"我们可以一同生活在这儿，我照料山羊，你种橄榄，我们还可以写书、画画……"

"你没事吧？"看到克洛艾面部的肌肉因为疼痛而抽搐，我问她。

"嗯，好了。不晓得刚才是怎么回事，只是头部有些剧疼，就像抽痛一样。可能没事。哎哟，不行，见鬼，又疼起来了。"

"让我来摸一下。"

"你摸不到的，是脑袋里面疼。"

"我知道，不过我可以分散一下你的疼痛感。"

"天啊，我最好还是躺下来吧。可能只是因为旅行，或高原反应什么的。不过我还是进屋里去。你就待在这儿，我一会儿就好了。"

4. 克洛艾的疼痛并没有好转。她吃了一粒阿司匹林后，就上了床，但是又无法入睡。我不能确定她到底有多严重，但又担心她这样轻描淡写表明实际情况要糟糕得多，我决定去请一个医生。当我敲开隔壁那一家的门时，那位农夫和他妻子正在吃晚饭。我用结结巴巴的西班牙语询问最近的医生住在哪里。后来得知医生住在离这儿近二十公里的阿索维斯波村。

5. 萨夫特拉医生是一位颇受尊敬的乡村医生。他穿着一套白色的亚麻套装，五十年代曾在英国皇家学院念过一段时间的书，而且钟情于英国戏剧传统。看来他非常乐意陪我回去照料那位刚到西班牙就病倒的千金小姐。等我们回到阿拉斯-德阿尔蓬特村，克洛艾仍然没有好转。我让医生单独和她待在一起，自己焦躁不安地等在隔壁的屋子里。十分钟后，医生出来了。

"不用担心。"

"她很快就会好的吧？"

"是的，朋友，她明天早上就会好。"

"到底是什么毛病？"

"没什么，胃有点儿疼，头也不舒服，不过，出外旅行，这种情况很常见。我给她开了些药片。真的，只是脑袋有些快感缺乏症，不然还能是什么？"

6. 萨夫特拉医生诊断克洛艾患快感缺乏症，这种病症被英国

174.

医疗协会解释为幸福的威胁带来的突如其来的恐惧感，非常近似于高山反应。对那些来西班牙这个地区观光的游客们来说，这是一种很常见的病症，因为面对这如诗如画的景色，突然意识到尘世的幸福触手可及，所以无法承受这强烈的心理反应。

7. 伴随幸福而来的问题源自幸福的罕见、稀有，使人一旦接受，就会焦虑，害怕幸福短暂。因此，克洛艾和我（虽然我没有生病）潜意识里总希望在我们的记忆里或期望中找到幸福。虽然追求幸福是人生公开的中心目标，但是这种目标却伴随着一个怀疑，怀疑幸福在遥不可及的将来才会实现。而今这个怀疑受到我们从阿拉斯-德阿尔蓬特村发现的田园风光的挑战，范围说得更小一点，受到彼此臂弯里发现的田园风光的挑战。

8. 为什么我们这样活着？大概是因为享受现世的快乐意味着，我们把自己投进一个并不完美或者有些危险的短暂现实中，而不是掩身于对来世的令人舒适的信念里。生活在将来完成时使人想象有一种比现世更理想的生活，一种让我们不必把自己融入身边世界的理想生活。这与一些宗教的模式很相似。在那些宗教看来，凡尘生活只是永恒且更快乐的天堂生活的序曲。对于假期、晚会、工作，可能还包括爱情，我们的态度都有些不朽的味道，好像我们可以在这世界上活得长久，以至于我们不需自我贬低地想到这些都是有限的，从而被迫从中寻找价值。生活在将来完成时中有一个令人轻松之处：我们无须认为现世就是真实的，也没有必要知道我们必须互相爱恋，我们必然要死去。

9. 如果克洛艾现在病了，这难道不会是因为她对现实不满吗？在一个短暂的时刻，未来应该拥有的一切我们都拥有了，但是我不是和克洛艾生病一样心存内疚吗？不是有很多次，我们以不可命名的未来作为借口而粗鲁地忽视现世的幸福吗？在那些爱情故事中，我几乎是不可觉察地避免全身心地去爱，而用一个不朽的思想安慰自己：将来有一天我会尽量像杂志上的那些男人一样无忧无虑地享受爱情，在这未来的爱情中，我将轻松自如地与另一位心上人交流，这位心上人现在和我正同时生活在地球上。

10. 但是，对永远不会到来的未来的渴望，就是对已经成为过去的时光的向往。过去常常更美好不正是因为它已成过去？我记得小时候每个假期都是在快结束时才会越发美好，因为到那时，对现在的焦虑已经成为一些可以被容纳的记忆。已经发生的并没有那些即将发生的事情重要，它能让我愈合创伤或重温乐事。我整个童年时代都盼望寒假到来，一家人开着车从苏黎世出发，到恩加丁去滑两个星期的雪。但是当我最终到了山顶，俯视那没人动过的白色滑道，我会体验到本应从这件事情的记忆中消失的焦虑，一个仅仅由客观条件（山顶、明朗的天气）组成的记忆，这记忆与把这眼前的时刻变成地狱的一切毫不相干。不仅仅是我可能感冒了，或我渴了，或我忘了拿围巾了令我不开心，而是我不愿意接受一个事实，即我终于把一直保存在未来那舒适的褶皱中的可能性付诸实施了。滑雪、让我盼得流口水的三明治和美好的记忆飞快地随时光流逝。一滑到山底，我就会回过头看着这座山，对自己说，真是完美漂亮的一滑。于是滑雪假期（总的说来，我的大部分生命）都会是如此的过程：在早上时向往；在实现中焦虑；在晚上时变成美好的记忆。

11. 有很长一段时间，我和克洛艾之间的关系也存在这种时态的自相矛盾：我会一整天都盼望和克洛艾一起用餐，而且会在离开时留下最美好的印象，但是我却发现，事情在进行时的感觉与我事前的期盼及事后的记忆永远不能一致。在我们即将去西班牙之前的一个晚上，我和克洛艾以及其他几个朋友在威尔·诺特的船屋里玩。因为一切都太美好，我第一次不可避免地意识到自己对现在挥之不去的怀疑。多数时候，现在过于不完美，以至无法让我们明白生活在现在不完美时态中的病根在我们自己，与我们外部的世界无关。但是那天晚上在切尔西，实在找不出现在有什么不好的地方，吃的非常可口，朋友团聚一起，克洛艾看上去漂亮迷人，拉着我的手坐在我身边。然而从头至尾一直有点什么不太对劲，这不对劲在于我迫不及待地想让一切成为历史。

12. 之所以没有勇气生活在现世，也许在于害怕意识到眼前的一切就是自己一生都在期盼的东西，害怕离开相对受到庇护的期盼或记忆空间，从而默认现在时就是自己可能（撇开上天的介入）会过的惟一生活。如果承诺被看作是一些鸡蛋，那么把自己承诺给现在时就是冒险把所有的鸡蛋都放进现在时的篮子里，而不是把它们分配在过去和将来两个篮子。由此推及到爱，最终承认我和克洛艾在一起是幸福的，这意味着这样一个事实：我所有的鸡蛋都坚定不移地放进她的篮子，尽管危机潜伏。

13. 不管那位能干的医生给克洛艾服用的是什么药片，反正克洛艾第二天早上就完全痊愈了。我们准备了一些野餐食品，又去了湖边。我们一整天都在湖里游泳，在湖边看书。我们在西班牙待了十天，我相信（就如一个人相信自己的记忆力一样）那些天是我俩第一次冒险生活在现在时中。生活在这种时态中并不总意味着拥有极乐；由爱情不稳定的幸福感产生的焦虑会重复地爆发为争吵。我记得我们在丰特莱斯皮诺-德莫亚村停下吃饭时，曾有过一次激烈的争吵。争吵起于一个关于我过去的女朋友的玩笑，这玩笑让克洛艾疑心我仍然还爱着那个女人。真实情况简单明了，然而我却把这疑心当作是克洛艾自己对我的感情在逐渐衰退，并就此指责她。从争吵、生气，又到和好，已经是下午三点左右了，我们都不明白那些眼泪、那些吼叫从何而来。此外还有其他几次争吵。我记得有一次在洛萨-德尔奥维斯波村，我们争论着是否对彼此感到厌烦；还有一次是在索特德切拉村附近，由于我指责克

178.

洛艾不会看地图，克洛艾反攻说我是地图学的法西斯。

14. 诸如此类的争吵绝不是表面那些原因，什么克洛艾不会使用《米其林导游图》[1]，什么我无法容忍开着车在西班牙的乡村兜大圈。真正的问题是更为深远的焦虑。我们指责对方时的声嘶力竭，以及这些指责的不合情理，表明我们争吵不是因为彼此怨恨，而是因为我们彼此相爱——或者说得更难以理解一点，因为我们恨自己爱对方爱到现在这个程度。我们的指责承载着一个复杂的下文：我恨你，因为我爱你。它等同于一个根本的抗议：我恨自己别无选择，只能冒险这样来爱你。依赖于某人的快乐与这种依赖最终带来的恐惧相比黯然失色。在巴伦西亚度假期间，我们偶尔爆发的那些激烈而有点莫名其妙的争吵，只是紧张状态的一个必要释放，这紧张来自于我们意识到彼此都把自己的鸡蛋全部放在对方的篮子里——不能致力于更明智的家政管理。我们的争吵本身有些带有戏剧性的格调，当我们毁掉书架、摔碎瓷器或用力掼门时，喜悦或旺盛的精力从中得以展示。"能感觉到我可以如此恨你真是太好了，"克洛艾有一次对我说，"它再次使我相信你能够这样做：我叫你滚出去你就会朝我扔东西，但待在原地不动。"我们需要对彼此大声吼叫，部分原因在于为了弄清我们是否能够

1　米其林，法国轮胎制造商和欧洲旅行指南与地图出版商，其轮胎和导游手册在欧洲声誉很高。

忍受对方的吼叫。我们想验证彼此忍受的限度：只有当我们徒劳地尝试过摧毁对方，我们才知道自己是安全的。

15. 当幸福源自人们可以控制的那些事物，源自人们经过很大的努力和推理之后才获得的那些事物，这种幸福是最容易接受的。但是我和克洛艾共同获得的幸福却不是来自深刻的哲学推理，或任何个人成就。它只是在神的介入产生的奇迹之下，找到一个对我而言最有价值的人而已。这种幸福因为非常缺乏自身的永恒而危险重重。如果经过几个月持之以恒的努力之后，我得出一个震惊分子生物学界的科学公式，那么我会毫不犹豫地接受随这个发现接踵而来的幸福。接受克洛艾所代表的幸福其困难在于，我未能参加获得这种幸福的因果过程，从而不能控制生活中那些导致幸福的因素。一切似乎都是神的安排，所以才会伴有对神圣的因果报应的恐惧。

16. "人类的不幸源于他不能独居。"帕斯卡说。他提倡人类有必要去建立自己的对策，去战胜和抵制对社会环境的依赖，一种使人受到削弱的依赖。但是在爱情中怎么可能做到这一点？普鲁斯特讲过一个关于穆罕默德二世的故事，那位穆罕默德觉得自己对一位妻妾萌生了爱情，于是就立刻把她杀死了。他不愿因为他人而让自己的精神受到束缚。我不可能有他这样的勇气，所以我很早就放弃获得这种感情的自给自足。我走出自己的屋子，而

180.

且开始陷入爱河——因此也开始了冒险：把自己的生活密不可分地建立在另一个人的周围。

17. 爱恋克洛艾而产生的焦虑，部分源自我对幸福易逝的焦虑。克洛艾可能会突然没有了兴趣、离开人世、和别人结婚。所以当爱达到顶点时，就会出现一种诱惑：让彼此之间的关系提早结束，以便使克洛艾或是我成为终结的挑起者，而不愿看到第三者、习惯，或熟悉感结束一切。我们有时被一种冲动攫取（这表现在我们无事生非地争吵），想在我们的爱自然地走到终点之前就结束它。凶手谋杀不出于恨，而是出于极度的爱——或者更应该说，是出于极度的爱所带来的恐惧。也许只是因为无法忍受自己的幸福实验带来的不确定性和极大的冒险性，恋人们才结束自己的爱情故事。

18. 无法知晓爱情如何走向终点的想法，困扰着每一个爱情故事，就如它的不可捉摸一样令人害怕。这是因为当健康而又精力充沛的我们努力想象自己的死亡时，爱的终结和生命的终结惟一的区别在于，至少对于后者来说，我们获得了一种轻松的想法，即了断尘缘之后的我们将对万般事物一无所知，但对于恋人们来说，却无轻松可言，他们知道关系的结束不一定是爱的终点，而且几乎可以肯定，也不是生命的尽头。

十七　挛　缩

1. 起初我难以想象一个持续 3.2 秒的谎言，会和谐地存在于一个由八个 0.8 秒的挛缩组成的序列之中，而最初的两个 0.8 和最后的两个 0.8（共 3.2 秒）是真实的。想象这个序列全部是真实的，或全部是虚假的要容易得多，但是一个真实-虚假-真实的模式显得有悖常理，而且没有必要。这个等式或是错误或是正确，二者必居其一。也许我应该抛开表象，寻找心理方面的解释。然而不论原因是什么，不论解释处于哪个层次，我都开始发现克洛艾（自我们从西班牙回来之后）开始假装或部分假装高潮的到来。

$$0.8 + ^1 / 0.8 + / 0.8 -^2 / 0.8 - / 0.8 - / 0.8 - / 0.8 + / 0.8 + \quad =$$
总长度 6.4

2. 她用夸张的动作代替了一贯的挛缩次数，可能是为了不让我知道她在做爱过程中没有真正投入。如果我过于关注有无高潮，这不是因为挛缩对每个人都很重要（有证据表明快感与痉挛次数无关），只是因为孪缩对于一个女人（她过去喜欢一次又一次的孪缩）来说是一个意味深长的标志，标志她更可能是移情别恋了。

3. 孪缩次数的减少并没有与明显的厌倦做爱同时到来。从某种程度上说，这时对做爱反而有了更多的热情。不仅做得更为频繁，而且会不断变换地点，选择不同的时间，更为激情澎湃，伴随着尖叫，甚至嘶喊，动作几近狂野。与平常温文尔雅的方式相比，更近于愤怒。这里面包含着什么？我不能确定。只是这足以说明疑心产生了。

4. 我本应该与克洛艾交流的话题却与一个男性朋友讲了起来。
"我不知道是怎么回事，威尔，性爱变味了。"
"别担心，性爱是有阶段性的，你别想次次都如登仙境。"
"没有，我只是觉得有别的什么不太对劲，又说不清楚。自我们从西班牙回来后的这几个月里，我已经注意到一些苗头，不只是在卧室里，那只是一种征兆。我是说它无所不在。"
"比方说？"
"嗯，一下子也说不上来。喏，我记得有这样一件事。克洛艾与我各自喜欢不同的麦片，但是因为我很多时候都待在她那儿，

1　+，表示有孪缩。
2　−，表示无孪缩。

所以她通常都买我喜欢吃的那种，这样我们就能在一起吃早餐。但是，上个星期，她突然不买了，说太贵了。我不想从中得出什么结论，只是注意到这一点变化。"

5. 威尔和我站在办公楼的接待厅，庆祝公司成立二十周年的鸡尾酒会正在举行。我把克洛艾带来了，这是她第一次看到我工作的地方。

"为什么威尔手上的项目要比你多得多？"在看了一圈展览品之后，克洛艾这样问威尔和我。

"你回答她吧，威尔。"

"那是因为真正的天才总要经历一个艰难的时期，才能让人们接受他们的成果。"威尔宽厚地说。

"你的设计真是太杰出了，"克洛艾对他说，"我从没看到过这么富有创意的设计，特别是那些办公大楼项目。材料的使用真是不可思议，你的设计把砖和金属结合得太好了。你难道不能也这样做吗？"克洛艾问我。

"我正在考虑很多想法，但我的风格不同，我用的材料也不同。"

"那么，我认为威尔的成果真是太伟大了，简直是不可思议。我真高兴今天来观看。"

"克洛艾，你能这样说，真是太好了。"威尔答道。

"你太让我震撼了，你设计的正是我感兴趣的东西。我觉得那么多设计师没有像你这样去做真是太遗憾了。我猜一定很难吧。"

184.

"确实不太容易，但以前老师教导我要相信自己的判断。我只建造那些让我自己感觉真实的房子，然后住在里面的人们才会从中吸取一种能量。"

"我想我懂你的意思。"

"要是在加利福尼亚，你会发现那儿的还要好。我曾经在蒙特雷设计过一个项目，我是说，在那儿你才会真正感受到用各种不同的石头、钢材，以及铝材可以建造出什么样的建筑，你的设计会与整个风景融为一体，而不是破坏它。"

6. 不询问他人的爱情标准是一种良好的风度。理想的爱情是，不因一个人符合标准而产生爱恋，而只是爱上这样一个人，一个无关财产和身份地位的本体的人。爱情如同财富一样，忌讳人们探询是如何获得并保持感情／财产的。只有当爱情渐逝，才会使人质疑这种理想状态是不是存在——可能这也是恋人们不敢做出革新的原因。

7. 有一天，我们在街上看到一个不幸的女人。克洛艾当时问我说："如果我的脸上像她那样有那么一大块胎记，你还会爱我吗？"她渴望的答案是"会"——一个把爱置于身体的世俗外表之上的答案，或者更确切地说，置于它残酷的、不可改变的外表之上的答案。我爱你，不是因为你的聪颖、才干和美丽，只因为你就是你，没有任何附带条件；我爱你，爱的是你灵魂深处的那个你，而不是你眼睛的颜色、你腿的长短，或你支票簿的厚薄。我们渴望心上人抛却我们外在的有利条件仰慕我们；我们渴望心上人欣赏的是我们的本质，而不是外在条件带给我们的光环；我们渴望心上人乐意去重复那据说存在于父母和子女之间的无条件的爱。我们能够自由选择的只有真实的自我，如果胎记长在我们的前额，如果岁月让我们日益枯槁，如果经济衰退让我们一贫如洗，这些不幸的事物摧毁的只是外表，我们应该得到谅解。即使我们美丽动人，富甲天下，但我们不愿是因为这些才被爱，美丽和财富，也许并不能给我们带来真爱。我更愿意你称赞我的头脑，而不是我的脸蛋，但如果你执意这样做，那么我更愿意你评价我的微笑（富于运动，肌肉控制），而不是我的鼻子（静止不动，都是组织）。我们渴望永远被爱，即使我们一无所有：只剩下"我"，这神秘的"我"在最脆弱、最易受伤的时刻还原为最真实的自我。你能爱我之深以至于我可以袒露我的脆弱吗？人人都喜好强壮有力，但你能爱我的虚弱无力吗？那才是真正的考验。你会爱上那个剥离了一切外在条件，只剩下最本质内涵的我吗？

8. 在办公楼的那个晚上，我第一次感受到克洛艾在悄然地与我分离，不再欣赏我的工作，开始把我和别的男人比较，质疑我的价值。我累了，但克洛艾和威尔却兴致盎然，我便回家了，他们一起去西区喝酒。克洛艾说，她一到家就给我打电话，但是到十一点钟时，我决定给她打。只有电话录音答复我。凌晨两点半时同样如此。这种迫切的心情把我的焦虑通过电话机表露出来，但是系统的阐述似乎让它们更接近事实，把怀疑带进指责与反指责的领域。也许什么事也没有——或什么事都有，我更愿意想象她是出了什么事故，而不是正在与威尔寻欢作乐。凌晨四点时，我给警察局打了电话，我喝了太多的伏特加酒，醉醺醺的，但我还是极力用最正常的声音询问他们，有没有撞伤的人或撞毁的大众车，有没有我那穿着绿色短裙和黑色夹克的天使的踪迹，我最后看到她是在巴比肯附近的办公楼里。没有，先生，没有这种事故发生，她是你的亲戚还仅是一个朋友？能不能等到早上再和警察局联系一下？

9. "胡思乱想会弄假成真。"克洛艾曾经对我说。我不敢去想，因为害怕可能会真的发现什么。要自由思考就要有碰上坏消息的勇气，但是受惊的思想不能迈开思考的步伐。我无法摆脱自己的妄想，我如玻璃杯一般易碎。伯克利大主教和克洛艾都说过，如果闭上眼睛，外部世界不过是一场梦而已。但现在不再仅仅是梦。漫无边际的幻想似乎让人舒适，不要直面真相，如果停止思考，令人痛苦的事实就可以不复存在该多好啊。

10. 情绪因为克洛艾的彻夜未归受到影响，我为自己的疑心愧疚，又为这份愧疚恼火。第二天十点钟，当克洛艾和我见面时，我装作若无其事。然而她肯定心中有愧——不然为何又到附近的超市去买那久违了的麦片给她的少年维特做早餐？她不是用冷漠，而是用责任感来责怪自己，一大包金麦片显眼地放在窗台上。

"怎么啦，你不是喜欢这种吗？"克洛艾见我嘟嘟，便这样问道。

11. 她说自己在一个叫宝拉的女朋友家过夜。威尔和她在索霍的酒吧里聊得很晚。她有点醉了，中途觉得最好还是到布卢姆伯利歇下，而不要开车回伊斯灵顿的家里。她本想给我打电话，但肯定会把我吵醒。我曾经说过要早点睡，这不是最恰当的借口吗？我为什么要摆出那样的脸色来呢？难道我是想再要些牛奶冲麦片？

12. 一个迫切的要求伴随着这对现实站不住脚的解释产生了，这要求就是，如果这些解释能让人心情愉快，那么就姑且相信吧。就如一个乐观的大傻瓜眼中的世界一样，关于那天夜晚的行踪，克洛艾的解释是合人心意地可信，好比一个温暖的大浴缸，我想永远浸泡其中。如果她自己相信，我又为何不相信？如果对她来说简单明了，我又为何要让事情错综复杂？我祈望自己听信她在布卢姆伯利的宝拉家地板上过夜的故事，这样我就能够把另一个可供选择的过夜方式（另一张床，另一个男人，多次的痉挛）抛在脑后。就如那些被政治家们用涂着焦糖的承诺，哄去眼泪的选民们一样，我被那投我最深处的情感渴求所好的谎言所诱惑。

188.

13. 所以，由于她是在宝拉那儿过的夜，还买了麦片，一切都得到了谅解。于是我就像一个从梦魇中醒过来的人，感到极大的自信和轻松。我从桌边站起来，用胳膊拥住心上人穿的那件厚厚的白色套衫，俯身吻她的脖颈，一点点咬她的耳朵，感受她皮肤上熟悉的香水味和她的秀发轻拂我的脸。"不要，现在不。"天使说。但是，被她皮肤上熟悉的香水味和她头发拂过脸的感觉所吸引的丘比特不相信她的话，继续嘟着嘴唇亲吻她。"我已经说过了，现在不要！"天使又重复一遍，为了让他能够听见。

14. 接吻的模式在他们的第一个夜晚就形成了。她把头放在他的旁边，闭上眼睛，为灵魂和肉体之间的这种温软可人的结合而神魂颠倒。他的舌头游走在她的脖颈上，让她浑身颤抖，面露微笑，抚弄他的手。这已成为他们的惯例，是他们亲密语言的标志。不要，现在不要。憎恨隐藏在爱这个字眼中，与钟情共用一个载体。这个女人，曾被爱人亲吻颈脖的方式、一页页地翻书的动作，或讲笑话的口吻所诱惑的女人，目睹恼怒也正在这些地方积聚起来。好像爱情的终结早就包含在爱情产生的地方，爱情破裂的因素被创造爱情的因素神秘地预示。

15. 我已经说过了，现在不要。技术精湛的医生、专家常常从最早的迹象中诊断出病人的癌症，然而他们有时却忽视了自己体内已经长到足球大的肿瘤。很多人一生多半头脑清醒，富有理性，但他们却无法接受自己孩子的死亡，或自己妻子或丈夫离他们而去，仍然以为孩子只是走丢了，或配偶会抛却新的婚姻，回到他们身边。爱情遭到毁灭的恋人不能接受毁灭的事实，仍然一如往日地行为处事。他们徒劳地以为，忽略死刑的裁决，就能阻止死亡的脚步。然而灭亡的标志随处可见，等待解读——如果痛苦还没有使我失去解读能力的话。

16. 爱情灭亡的受害者无法再用原来的办法复活爱情。在一切尚可以用足智多谋进行挽救的时刻，我变得害怕而缺乏创意，开始怀旧。当感受到克洛艾离我越来越远时，我盲目地去重复那些曾将我们牢牢联系在一起的东西，试图挽留她。我不断吻她，接下来的几个星期，我坚持带她去那些我们度过了很多个美好夜晚的电影院和餐馆，重复我们曾为之一起大笑过的笑话，重新采取旧日欢好的体位。

17. 我从我们室内语的熟悉感中寻找慰藉，那些语言以前是用于平息争端的，那些赫拉克利特式的笑话是用来承认的，从而使暂时的爱情波动无伤大雅。

"你今天有什么不对劲吗？" 一天早上，当维纳斯看上去几乎和我一样苍白时，我问她。

"今天？"

"是啊，今天，怎么了？"

　　"没什么，你怎么了？有什么原因要这样吗？"

　　"没有。"

　　"那你为什么要这样问？"

　　"不知道。因为你看起来有点不高兴。"

　　"做人真难。"

　　"我只是想帮你。我今天超过 10 分，你对我呢？"

　　"我真的不知道。"

　　"为什么不知道？"

　　"我很累。"

　　"告诉我吧。"

　　"我无法告诉你。"

　　"求你了，超过 10 分。6 分？ 3 分？小于 12？大于 20？"

　　"我不知道。"

　　"随便说一个吧。"

　　"看在上帝的分上，我不知道，让我安静一下，见鬼！"

　　18. 室内语行不通了，克洛艾不再熟悉它们，或者更直接地说，她假装忘了，以此不承认她在拒绝我。她拒绝和我在那些语言中心有灵犀，她假装不懂我的话语；她开始看我格格不入了，老找我的碴。我不能理解，为何我过去那么富有吸引力的话语突然之间开始惹她生气；我不能理解丝毫未变的我现在却方方面面都让人生厌。惊慌失措的我开始努力寻找过去的美好时光。我问自己："为什么我那时做的事情现在不能做呢？"我成了不顾一切墨守成规的人，墨守那个以前是克洛艾爱恋对象的自己。我没能意识到，过去的那个我现在却被证实是令人厌烦的家伙，因而无论我做什么都只是加速爱情的崩溃。

19. 我成了一个厌物，一个不在乎回报的人。我给她买书，把她的衣服送到干洗店去洗，我吃饭时主动买单，我建议圣诞节去巴黎旅行以庆祝我们的相识纪念日。但是，从所有的证据来看，屈辱是爱的惟一结果。她生我气，朝我吼叫，对我视而不见，取笑我，戏弄我，打我，踢我，但是我仍然没有反应——从而更让人生厌。

20. 有一次，吃完我花了两个小时准备的饭菜（大半时间都在争论巴尔干的历史），我握着克洛艾的手，告诉她说："我只是想说，我知道这听起来多愁善感，不管我们怎样打闹，以及一切的一切，我仍然在乎你，仍然希望我们两个顺利地走下去。你是我的一切，这你知道。"

克洛艾（读心理分析方面的书多于小说的克洛艾）带着怀疑的神情看着我，回答说："听着，你这么说真是太好了，但是它使我害怕，你不要再把我变成你想象中的那个完美的人。"

21. 事情变得像一个悲喜剧的剧本概要：一方面，男人把女人当作天使，而另一方面，天使把爱当作是需要变化的事物。

十八　爱情恐怖主义

1. "你为什么不爱我？"这个问题（尽管让人不愉快）就如"你为什么要爱我？"一样，不能被视为是问题。在这两种情形中，我们都会丧失对爱情的清醒（富有吸引力的）判断：即爱情是一种馈赠，而馈赠的因由不为我们所知，或不应为我们所知。在某种意义上说，我们无须知道答案，因为我们不能遵奉它代表的真正含义行事，所以答案毫无意义。它不是具有因果性质的有效原因。它跟随在事实之后，是对隐秘的变化作出的辩解，是一个表面的"发生于后必是结果"式的分析。这些问题的提出，会让我们被迫一方面变得非常傲慢，另一方面又变得极度谦卑：我凭什么被爱？谦卑的恋人问道。我什么也没有付出。我凭什么不被爱？被背叛的恋人抗议道，傲慢地声言拥有一个并非他必须得到的馈赠。对于这两个问题，施舍爱的人只能回答：因为你就是你——一个把恋爱者危险而又不可预测地摆弄于兴奋高昂和消沉失意之间的答案。

194.

2. 爱情可以是一见钟情式的迅急，然而不会以同样的速度消逝。克洛艾一定是害怕谈论分手或者过于急速地离我而去，害怕她新的选择不一定就更称心如意，因此，这是一个缓慢的分手，感情的建筑工在一步步地撬掉爱情的大厦。背弃中有负罪，负罪于对曾经珍视的东西仅剩的一点责任感，就如残留在杯底的糖水黏渍需要时间的冲刷一般。

3. 当每一个决定都难以做出时，就不会有决定。克洛艾推诿搪塞，我也含糊其辞（又有哪个决定能给我快乐？）。我们继续相见，继续做爱，并且打算圣诞节去巴黎。然而奇怪的是，克洛艾对此漠不关心，就好像是在为他人计划一样——也许是因为买机票比买了机票或不买机票之后的问题更容易处理。她不做出决定，是希望通过沉默让另一个人来为她做决定，她希望以自己暗含的犹豫不决和失意挫败使我最终迈出她需要的（但自己又太怕而不敢迈出的）那一步。

4. 我们进入了爱情恐怖主义时期。

"有什么不对劲吗？"

"没有，怎么了？该有吗？"

"我只是想，你该有什么事要说一说。"

"什么事？"

"关于我俩。"

"你指你自己吧。"克洛艾厉声说。

"不是，我是指我们两个。"

"我们两个什么？"

"我不知道，真的。我只有一种感觉，大概自9月底以来，我们就再没有真正交流过了。就好比我们之间出现了一堵墙，而你一直拒绝承认它的存在。"

"我没有看到什么墙。"

"我指的就是这一点，你甚至不承认这些。"

"哪些？"

5. 一旦一方开始失去兴趣，另一方显然无法挽回离去的脚步。就如吸引对方时一样，分手时也要沉默面临情爱关系中心的一个难于言表的问题：我渴望得到你／我对你没有兴趣——在这两种情形中，表达任何一种想法都需要一段时间。交流的中断其本身无法讨论，除非双方都有重归于好的愿望。这样一来就会把恋人置于一个绝望的境地：合理对话的魅力和吸引力看来已消失殆尽，剩下的只有恼怒烦躁。如果心上人合乎常规地（甜甜地）行为处事，这行为常常适得其反，在恢复爱情的努力中却扼杀了爱情。于是，不顾一切央求伴侣回到身边的爱人走向了爱情恐怖主义。这恐怖主义是绝境的产物，是通过在伴侣面前爆发（痛哭流涕、大发雷霆及其他什么方法）试图让他／她回心转意的所有计策（生气、妒忌、内疚）。采用恐怖主义手段的恋爱者知道，不

196.

能真正奢望自己的爱得到回报，但是无效性并不一定是（在爱情或在政治中）不作为的充分理由。有些东西必说不可，不是因为它们有听众，而是它们具有说出来的重要性。

6. 当不满情绪无法通过政治对话来解决时，受损的一方就可能会不顾一切地采取恐怖活动，通过暴力手段从对立方那里得到和平方式不能实现的让步。政治恐怖主义产生于僵局，知道（清醒的或半清醒的）行动的结果绝不会如己所愿，但还是为了党派的需要而行动——这些行动将只会使对方更为对立。恐怖主义的消极性在于，它暴露了一切幼稚的恼怒，一种面对更为强大的对手时对自己的无能的恼怒。

7. 1972 年 5 月，三名日本赤军在解放巴勒斯坦人民阵线的资助和安排下，带着武装配备，搭乘一架常规航班到达特拉维夫的罗得机场。他们下了飞机，随着其他的乘客进入候机大厅。一到大厅，他们就从行李包里拿出机枪和手榴弹，不分青红皂白地朝人群开火，直到杀死了 24 个人，打伤了 7 人之后，才被保安人员击毙。这种残杀与巴勒斯坦的自治运动有什么联系？凶手并没有促进和平进程，他们只是使反对巴勒斯坦自治运动的以色列公众舆论变得更为坚定。对这些恐怖分子来说，具有嘲讽意味的是，受害人大多不是以色列人，而是去耶路撒冷朝圣的波多黎各的天主教徒们。不过行动本身却在其他方面找到了正当理由，即，

有必要去发泄一下自治运动中对话已经不能再产生任何效果的挫
败感。

8. 我们只能在巴黎过一个周末，所以就在星期五乘希思罗机
场的最后一架班机出发了，准备星期天晚些时候回来。虽然我们
是去巴黎庆祝纪念日，但却让人感觉更像是赴一个葬礼。飞机到
达巴黎时，候机大厅里昏暗阴沉，空空荡荡。天开始飘起雪花，
寒风瑟瑟。乘客比出租车还多，所以最后我们只好和在海关出口
碰到的一个女人共乘一辆车。这个女人是律师，从伦敦来巴黎开
会。虽然她漂亮迷人，我却没心情来搭理她。但是在我们去市区
的路上，我却和她调起情来。当克洛艾尝试着加入我们的谈话时，
我打断她，专门（富有诱惑力地）和那个女人讲话。但是是否能
成功地引发妒忌，取决于一个重要的因素：目标观众有在乎的趋
势。因而恐怖主义式的妒忌通常是一场赌博：为了使克洛艾心生
妒忌，我应该做到什么程度？如果她毫无反应怎么办？她会不会
藏起妒忌，接受我的挑战（就如那些政客在电视上宣布自己对恐
怖主义的威胁毫不在意一样）？或者，她是不是真的并不在乎？
我无从确定。但是可以确定无疑的是，克洛艾没有表现出能给我
带来快感的那种妒忌。当我们过了很久终于在雅各布街的一个小
旅馆里安顿下来时，克洛艾甚至显得更高兴了。

9. 在假设自己的行为会恐怖得足以产生达成协议的威力时，

198.

恐怖分子是在进行一场赌博。有个故事讲的是一位富有的意大利商人，有天下午在办公室接到一伙恐怖分子打来的电话。恐怖分子告诉他说，他们绑架了他的小女儿。在开出巨大的赎金数目后，他们还威胁说，如果不付赎金，他就别想见到女儿活着回来。但是这位商人处乱不惊，他随意地回答道，如果他们杀了他女儿反倒帮了他的大忙。他解释说，他有十个孩子，个个都让他失望，都给他惹麻烦，养育他们要花很多钱。对他来说，不幸只意味着他会在床上躺上几天。他不会付赎金，如果他们要杀，那就杀好了。说完这些生硬的话，商人就放下了电话。恐怖主义团伙相信了他，几个小时之后，他女儿就被放了出来。

10. 当我们第二天早上醒来时，雪还在下着。不过天气很暖和，雪一下就融化了，于是道路上一片泥泞，脏兮兮的。灰蒙蒙的天空压得很低。我们已经计划好吃完早餐去参观奥赛博物馆[1]，下午去看电影。我刚关上旅馆的门，克洛艾就生硬地问道："你带了钥匙没有？"

"没有，"我回答说，"你刚才说你带了。"

"我？我没有，"克洛艾说，"我没带钥匙，你把我们锁在外面了。"

"我可没有把我们锁在外面。我锁门时是想着你把钥匙带着

1　奥赛博物馆，由奥赛火车站改建而成，收藏欧洲绘画名作。

的，因为钥匙不在我放的那个地方。"

"你真是荒谬，我也没有带，这下可好，我们给锁在外面了——多亏了你。"

"多亏我？看在上帝的分上，是你忘了带钥匙，不要再怪我。"

"责任不在我。"

说完这话，克洛艾转身走向电梯，（就如小说中的情节一样）钥匙从她的大衣兜里掉下来，落在旅馆紫褐色的地毯上。

"天啊，对不起。我确实带了，天啊。"克洛艾说道。

但是我决定不轻易原谅她，回敬说"这下你无话可说了吧"，然后就默默地朝楼梯走去，如同情节剧中的动作一般。克洛艾在后面叫着我："等等我，不要这样，你去哪？我说了对不起。"

11. 成功的恐怖主义式生气必须是由某个实施于受气方的过失行为触发，不管过失是多么微不足道，标志就是遭受侮辱和生气缘由之间不成比例，做出一个与触怒缘由的严重性联系很小的惩罚——不能通过正常的渠道轻易地得以解决的惩罚。我已经等待了很长时间要对克洛艾发火，但是，对一个并没有做错什么的人发火会产生相反的效果，因为伴侣不会觉察到，内疚也就不会产生。

12. 我本可以草率地对克洛艾吼叫，她也回击我，然后由房间钥匙引发的争吵就可以自行解决。所有的生气产生于过错，这

200.

过错也许可以解决，从而顷刻消失。如果不是这样，受伤的一方对此耿耿于怀，就将导致日后更痛苦的爆发。问题一出现就得到解决，就不会因解释延迟而怨愤深重。触怒之后立刻发火是最为宽宏大量的行为，因为这样就可以使冒犯者不会过于内疚，也不需要劝说生气者息怒。我不想让克洛艾得到这个便宜，所以独自一人走出旅馆，向圣日耳曼走去，在那里的书店逛了两个小时，接着我没有回旅馆给克洛艾留口信，而是独自一人去餐馆吃了午饭，然后连续看了两场电影，在晚上七点钟时回到旅馆。

13. 恐怖主义的关键就在于首先是为了引起注意，是目标（比如说巴勒斯坦建国）与战术（在罗得机场的候机厅的扫射）毫无关联的心理战争，方式和结果并不一致，发泄怒火与生气本身并无相应的联系。因为你指责我丢了钥匙，所以我气恼，这代表一个更宽泛（但无法表达）的信息：因为你不再爱我，所以我气恼。

14. 不论怎么说，克洛艾并不算是残忍无情，她也在深深地自责。她曾试图跟我去圣日耳曼，但在人群中走散了，只好回到旅馆，等了一会儿，又去了奥赛博物馆。当我最终回到房间时，她正在床上休息，不过我没有理她，径直走进浴室，洗了很长时间的澡。

15. 人生气的时候是一个复杂的动物，发出极度矛盾的信息，哀求着救助与关注，然而当这一切到来时，却又拒绝，希望无须言语就可以得到理解。克洛艾问我可不可以原谅她，说她讨厌不把争端解决掉，说希望我们那天晚上过一个愉快的纪念日。我一言不发。我无法对她表达我全部的怒火（与钥匙毫无关系的怒火），我已经变得不合情理。为什么说出我真正的意图这么艰难？因为与克洛艾交流我真正的怨愤——她不再爱我了，存在危险。我的创伤是如此的无法表达，与那把忘了的钥匙联系太小，以至在此刻说出真相只会过于愚笨。我的怒火因而只能埋藏在内心深处。我无法直抒我的心意，只能求援于钥匙的象征意义，半是期盼，半是害怕这符号被破解。

16. 洗完澡后，我们终于平息了钥匙事件，一起到西岱岛的一个餐馆吃晚饭。我们都尽量表现得最好，极力避免紧张气氛，主要谈论书、电影和一些首都城市。看起来（在服务员的眼中）我们这一对真是非常幸福美满——爱情恐怖主义大获全胜。

17. 然而一般的恐怖分子有一个明显优于爱情恐怖分子的优势，他们的要求（不论有多么无礼）不包括最无礼的那一个，即要求被人爱恋。我知道那天晚上我们在巴黎享受的幸福是虚假的，因为克洛艾表现出来的爱并非发自内心。那是一个因为不再有爱而心怀内疚、但又试图表示忠诚（既想使自己相信，又要伴侣接受）的女人的爱。所以，那个夜晚我并无幸福可言：我的生气起

202.

了作用，但它获得的成功却空洞虚幻。

18. 虽然一般的恐怖分子通过炸毁建筑物或枪杀学生偶尔可以迫使政府作出让步，但是爱情恐怖分子因为行动中存在根本的前后矛盾注定会失望落寞。你必须爱我，爱情恐怖分子说，我通过惹你生气或让你妒忌使你来爱我。但是，矛盾出现了，因为如果爱情回归，只会立刻被当作是变味的爱情，爱情恐怖分子必定会抱怨说，如果是我迫使你爱我，那么我不能接受这份爱，因为这不是发自内心的爱。爱情恐怖主义必然要在解决问题的过程中否定自己，一个难以接受的现实被摆到了恐怖分子面前——爱情死亡的脚步无法止住。

19. 当我们走着回旅馆时，克洛艾把她的一只手插在我的大衣口袋里，吻着我的面颊。我没有回吻她，不是因为亲吻并非这糟糕的一天中最让人向往的结束，只是因为我不再感受到克洛艾的吻是出于真心实意。我已经不想再把爱强加给一个并非心甘情愿的接受者。

十九　超越善与恶

1. 星期天的傍晚时分，克洛艾和我坐在英国航空公司喷气式飞机的经济舱里，从巴黎回伦敦。飞机刚刚飞越诺曼底海岸的上空，冬天的云层散开退去，下面是一览无遗的暗暗海水。我有些紧张，心绪不宁，在座位上难受地动来动去。飞机尾部引擎的微微颤动，机舱里宁静的灰暗色调以及乘务员甜甜的微笑让人觉得这次飞行有些危险。一位乘务员推着饮料和点心从走道上过来了。尽管我又饿又渴，但飞机上的食物却让我有点恶心。

2. 克洛艾一边打瞌睡，一边在听歌。但这会儿她取下耳塞，水汪汪的大眼睛怔怔地盯着前面的座位。

"你还好吧？"我问道。

一片寂静，好像她没有听到一般。接着她开口了。

"你对我太好了。"她说。

"你说什么？"

"我说'你对我太好了'。"

204.

"什么？为什么这么说？"

"因为你确实是这样嘛。"

"你这么说是什么意思，克洛艾？"

"我不知道。"

"如果有什么不对的地方，那我以后就改掉好了。其实每次有了问题，你都是很乐意把它们解决好。只不过你总在贬低自己的……"

"嘘，别说了，求你别说了。"克洛艾说着，把头扭开了。

"为什么？"

"因为我在和威尔交往了。"

"你干什么了？"

"我在和威尔交往了，听到了吧？"

"什么？交往是什么意思？与威尔交往？"

"看在上帝的分上，我和威尔上床了。"

"小姐要不要饮料或快餐？"乘务员这会儿正好推着小车过来了。

"不要，谢谢。"

"什么都不要？"

"是的，不要。"

"这位先生呢？"

"不要，谢谢，什么都不要。"

3. 克洛艾开始哭了起来。

"我不相信，一点儿也不相信。告诉我这是个笑话，一个可怕的笑话，你和威尔上床了，什么时候？怎么上床的？你怎么可以这样？"

"天啊，对不起，真的很抱歉，真的，但是我……我……对不起……"

克洛艾失声痛哭，话都说不出来。眼泪、鼻涕顺流而下，整个身体剧烈地抽搐着，气都喘不过来了，只好张大嘴。她看起来太痛苦了，在那么一瞬间，我都忘了她讲的这些话语的意义，只想着要止住她的眼泪。

"克洛艾，别哭了，没关系，我们还可以谈一谈。蒂吉，求你了，这儿有手帕。一切都会好的，会的，我保证……"

"天啊，我抱歉，天啊，真是对不起，你不应该得到这样的结果，你不应该。"

克洛艾的心力交瘁暂时平息了背叛的责难。她的泪水暂缓了我的痛苦。这可笑的局面没有被我错过——恋爱者安慰着因为背叛他而心烦意乱的伴侣。

4. 如果机长没有在克洛艾一开始哭泣就准备降落的话，那么眼泪也许早已淹没了每一位乘客，把整个飞机都给浸泡在其中了。一切就像洪水一样。悲伤的洪水在所发生之事的不可避免性和残酷性这两岸间恣意咆哮，但毫无作用，我们注定要结束了。周围的环境、机舱里的氛围、乘务员的关心以及其他乘客望着这对陌生人的情感危机所表露出的幸灾乐祸，都使得这一切显得愈加孤寂和突出。

5. 当飞机穿过云层时，我努力想象着未来：一段生活将残酷地走到终点，留给我的将只有一个可怕的空白。祝你在伦敦过得愉快，欢迎不久后再次乘坐我们的航班。不久后再次乘坐，我会再次乘坐吗？我妒忌其他人的旅行安排，妒忌不久之后将再次乘坐飞机的那些人稳定的生活和计划。从今以后，生命的意义是什么？虽然我们依旧手拉着手，但我知道克洛艾和我都将会感觉到彼此的身体逐渐陌生、遥远。隔阂将被建起，分手已成定局。我也许会在几个月或几年后再次见到她，我们会轻松愉快，戴上面具，衣着正式，在餐馆里点一份沙拉——但再也不能触及我们现在可以展示给彼此的一切：赤身露体、情感依赖，这是纯粹的戏剧场景，是不可更改的失落。我们会像看过一场肝肠寸断的戏剧之后的观众一样，无法交流内心深处的感受，明明知道还有更多的东西，却不能言及，只能去酒吧喝酒。纵然痛苦，我更愿意留住这眼前的时刻，而不要面对接踵而来的那些日子：我将独自一人几小时几小时地重新体会，批评我自己，也责备克洛艾，努力建造一个新的将来、又一个故事，就如一个心智迷乱的剧作家，不知该怎样安排他的角色（除非杀死他们来得到一个干干净净的结尾……）。这些念头一直萦绕在我脑海，直到飞机轮胎落在希思罗机场的跑道上，引擎反向转动，飞机滑向候机楼，准备将它的乘客卸在入境大厅。当克洛艾和我收拾好行李，走出海关检查站之时，我们的关系就正式画上了句号。我们会努力保持一份友谊，会尽量忍住泪水，会设法抛却牺牲者或刽子手的感觉。

6. 两天的时光麻木地溜走了。遭受一个打击，却毫无知觉——照现代的说法，这打击一定是过于沉重。接下来，有一天早上，我收到克洛艾请人送来的一封信，两张奶白色的纸上，写满了她那熟悉的字迹：

我抱歉，把自己的困惑带给你；我抱歉，毁了我们的巴黎之行；我抱歉，这整个事情以不可避免的戏剧性收场。我想我再也不会像那天在可怕的飞机上那样哭泣，那样伤心欲绝。你对我是那么好，就是你的好使我越发流泪。换作别的男人，他们也许对我大骂出口，而你，你没有，就是这让一切变得是多么艰难啊。

在机场里你问我，为什么一边哭，一边又那么坚定。你一定理解，我之所以哭是因为我知道，我们不可能再一如往日，然而还有那么那么多的东西把我和你联系在一起。我意识到我不能继续拒绝给予你应该得到的爱，但是我却已经不能再给予你了。再这样下去是不公平的，会毁了我们两个。

我永远都无法把我真正想对你说的话写在这儿。这不是我前几天在脑海里写的那封信。我希望我能画一幅画给你，我从来都不善言辞，我根本言不由衷，我只希望你能把这些空白填上。

我会想念你，没有什么能把我们曾经共同拥有的那些带走。在我们共度的那几个月的时光里，我付出的是真爱。而今看来，从前的那些事，那些早餐，那些午餐，那些下午两点钟的电话，那些在伊莱克特里克度过的深夜，那些在肯辛顿公园的散步，都如梦幻一般。我不想让任何东西毁损它们。当你陷在爱河里的时候，时间的长短并不重要，重要的是你曾感受到的和做过的每一件事。对我而言，我们的爱情是我一生中为数不多的一次，让我感受到生命有了一个中心。你在我眼中永远都那么出色，我永远难忘，当我早上醒来时，看到你躺在我身边，我是多么地爱你。我只是不想再继续伤害你，我无法忍受让一切慢慢地变味。

　　我不知该怎么开始新的生活，也许会一个人过圣诞节或与父母待在一起。威尔不久就回加利福尼亚，不要责怪他，不要对他不公平。他非常喜欢你，极度尊敬你。他只是一个症状，并不是这已发生的一切的原因。原谅我这封乱七八糟的信，它的乱也许会提醒我曾和你在一起的生活方式。原谅我，你对我太好了。我希望我们仍然是好朋友。我一切的爱……

　　7. 信没有给我带来任何解脱，只是勾起了更多的回忆。我从中辨识出她话语的口音和声音的强弱。随着信一起来到的有她的脸，她皮肤的香味，以及我所承受的伤痛。这信的告别式言语让我泪流满面，一切都被确定、被分析，成为过去时。我能够感受到她语句中的疑虑和矛盾，但是传递的信息却肯定无疑。一切都结束了，她为结束感到抱歉，但是爱情早已退去。我被一种出卖感淹没，之所以有这种感受是因为我曾经付出如此之多的感情，却在我尚未觉察之时就已宣告终结。克洛艾没有给它一个机会，我和自己争论着，知道一切都是无望的，内心的法庭在那个凌晨的四点半就宣判了一个沉重的裁决。虽然我们之间除了心灵的约定，什么也没有，但我依然感受到深深的伤害，因为克洛艾的背叛，因为克洛艾的离经叛道，因为她与另一个男人上床。从道德的角度来看，这一切怎么可能发生？

8. 令人吃惊的是，爱情的拒绝通常是形成在道德的语言中、对与错的语言中、善与恶的语言中。似乎拒绝或不拒绝，爱或不爱，是自然而然地属于伦理学的分支。令人吃惊的是，通常，拒绝的一方被标上了恶的标记，而遭拒绝的一方从此代表着善。在克洛艾和我的行为举止上也带有这种道德的态度。在做出拒绝时，克洛艾把自己的不再爱等同于恶，而我的继续再爱则被视为善——从而在我仍然渴望她的基础上得出结论：我对她"太好"。假如她说的大半是真话，而不是礼貌的措辞，那么她得到的一个符合道德的结论就是：她对不起我，因为她不再爱我——这使她自认为没有我高尚，因为我内心完美，仍然深爱着她。

9. 但是不管拒绝是多么不幸，我们真能认为爱即无私、拒绝就是残忍？我们真能认为爱即善良、冷漠就是罪恶？我对克洛艾的爱就是道德的，而克洛艾对我的拒绝就是道德沦丧？因为拒绝我而让克洛艾产生的内疚，首先取决于我付出的爱在多大程度上能被视为是无私地付出——如果我的付出是自私的，那么克洛艾同样自私地结束我们的关系，理所当然地可以被认为是正当的。

210.

从这个角度出发，爱的结束从根本上说是两种自私的力量的冲突。而不是利他与利我，道德与非道德之间的冲突。

10. 在康德看来，道德行为与不道德行为的区别就在于，道德行为的实施是出于责任，不在乎其中的甘苦。只有当我在行为处事时没有考虑回报，仅仅是在顺应责任感的指引，我的行为才能被认为是符合道德标准的。"对于任何道德的行为来说，符合道德法则尚不够，还必须是为了道德法则而做。"[1] 带有倾向的行为不能被视为是道德的，道德功利主义观点遭遇直接批判的就是它的倾向性。康德理论的实质在于，道德只存在于行为实施的动机中。只有当爱不求回报，只是为了付出爱时，这种爱才是道德的。

11. 我认为克洛艾背弃了道德，这是因为她抛却一个日复一日地给予她慰藉、鼓励、支持和关爱的人的关心。但是因为践踏了这些，她就应该受到道德的谴责吗？当践踏他人付出很大代价和牺牲才能给予的馈赠时，受到谴责是合理无疑的，但如果馈赠者从馈赠过程的本身得到了很大的快乐，就如我们接受馈赠时的快乐一样，那么还能从道德的角度对这种行为予以谴责吗？如果爱的付出主要是出于自私的动机（例如：为了自己的利益，甚至这利益源于对方的利益），那么，至少在康德看来，这就不是一

1　引自康德《道德形而上学基础》，哈泼火炬出版社 1964 年版。

个符合道德标准的馈赠。难道仅仅因为我爱克洛艾，我就比她更好？当然不是，虽然我对她的爱包括有牺牲，但我做出这些牺牲是因为这样做我感到快乐，我并没有遭受痛苦。我这样做只是因为这符合我的意愿，因为这并非出于责任。

12. 我们就像功利主义者一样相爱，在卧室里，我们是霍布斯 [1] 和边沁 [2] 的追随者，而没有按照柏拉图和康德的指导生活。我们做出的道德评判是建立在偏好的基础上，而不是从超验论的价值观出发，就如霍布斯在他的《法律要旨》中所说的那样：

"人人都把那些给他带来快乐使他愉悦的事物称之为善；令他不高兴的事物称之为恶。人人都处于不同的境况，于是对善与恶的区分也将不同。其实没有什么事物是恶的，就是说，只剩下善……"

13. 我认为克洛艾负有罪恶，是因为她让我悲伤不已，而不是因为她天生就是罪恶的。我的价值体系是对一种情形的辩护，而不是根据一个绝对的标准对克洛艾的过错给予的一个解释。我犯了传统道德家的错误，尼采非常简明地探讨过这个问题：

---

1 霍布斯（1588—1679），英国政治家，机械唯物主义者，思想中有早期的功利主义伦理思想。

2 边沁（1748—1832），英国哲学家和法学家，功利主义伦理学的代表。

212.

> "首先，我们把个人的行为称为好或坏，不是看其行为的动机，而是仅仅考虑行为的结果是有用还是有害。然而，人们很快就忘记这些名称的缘由，认为善与恶的本质天然地存在于行为的自身，不用看其行为的结果……"[1]

什么给我快乐，什么给我痛苦，决定我给克洛艾贴上什么样的道德标签——我是个人主义的道德说教者，根据自己的利益来判断世界与她的责任。如果说我曾经有过道德准则，那么它也仅只是我个人欲望的升华，是一个不切实际的错误。

14. 在自以为是的绝望的巅峰，我发出质问："难道被爱不是我的权利，爱我不是她的责任？"克洛艾的爱于我不可或缺，她睡在床上，躺在我身边，就如同自由或生活的权利一样重要。如果政府可以保证我这两项权利，为什么不保证我得到爱情的权利？在我对言论的自由或生活的权利都毫不在乎的时候，为什么政府如此强调它们，同时又没有人给予我生活的意义？如果没有爱情，没有人倾听我的心声，活着又有什么价值？如果自由就是遭人抛弃的自由，那么自由又有什么意义？

1　引自弗里德里希·尼采《人性的，太人性的》，内布拉斯加大学出版社
1986年版。

15. 但是，一个人怎么能把权利的话语延伸到爱，强迫人们出于责任去爱？这难道不是爱情恐怖主义的又一种表现？难道不是爱情宿命论的又一个显像？道德规范必须有自己的界限。这是高等法院讨论的内容，与午夜咸咸的泪水，与吃得好，住得好，阅读过多，过度多愁善感者心碎的分手无关。我曾经像个功利主义者一样，发自内心地、自私地爱过。如果功利主义认为，一个行为只有当它为最大多数人带来最大的幸福时，才是正确的行为，那么现在爱克洛艾的痛苦和克洛艾被爱的痛苦，则明确无疑地标志着我们的关系不仅无从区分是非，而且不符合道德标准。

16. 不幸的是，怒气不能与谴责连接在一起。痛苦鼓动我去寻找一个冒犯者，但是责任不能落在克洛艾身上。我知道人与人之间有互相拒绝的自由，负有不伤害对方的责任，但是如果他们不愿意，那么就没有人可以强迫他们去爱。一种原始的、非悲剧的信念使我感到自己的怒火赋予我责备他人的权利，但是我知道责备应该有所选择。不能为驴子不会唱歌而发火，因为驴子的生理结构只允许它呼哧呼哧地喘气。同样，一个人不能为爱或不爱而指责心上人，因为这超出了他们的选择范围，从而超出了他们的责任——虽然曾经看到对方确实爱过自己，使得被爱拒绝相对于驴子不能唱歌更让人难受。我们会觉得更容易原谅驴子不会唱歌，因为驴子本来就不会唱歌；但是心上人却曾经爱过，也许就在不久之前，这使我无法再爱你的表白让人更难以接受。

17. 当爱不再得到回应时，要求被爱的蛮横出现了——我孤独地与欲望相伴，毫无防卫，缺少权利，远离法规，我的要求直露得令人吃惊：**爱我吧**！为什么？我只有一个微不足道的理由：**因为我爱你**……

二十　心理宿命论

1. 每当灾难降临时，我们会越过平常的因果解释去看待它们，从而理解为何单单是我们被挑选去接受这可怕而不可忍受的惩罚。事件的毁灭程度越大，我们越容易为之赋予一个客观上并不存在的意义，越可能滑进一种心理宿命论。克洛艾离去的伤痛让我迷惑不解，使我心力交瘁。心中那些试图找出理由来解释这混乱的问号令我窒息："为什么是我？为什么会这样？为什么是现在？"我仔细检点过去的一举一动，寻找事情发生的根源、征兆，以及我的过错；寻找任何一点可以解释这荒谬事件的原因；寻找一些可以些微涂抹我伤口的镇痛剂；寻找互不相干的事件之间的联系。我把原因附会在生活中随意的鸡毛蒜皮的小事之上。

2. 我被迫丢弃现代的技术乐观主义，逃离为了抵抗原始恐惧而设计的信息网络。我不再阅读日报，不再信任电视，不再相信天气预报，不再依赖经济预测。我整天想的都是千年一遇的灾难——地震、洪水、饥荒、瘟疫。我贴近了神的世界，贴近了由

216.

原始动力主导我们人生的世界。我感到世事无常，摩天大楼、桥梁道路、理论观点、火箭发射装置、各种选举、快餐饭店都产生于我的幻觉。我在幸福与和谐中看到了对现实的决然的否定。我看着上下班的人群，不理解为什么他们视而不见。我想象宇宙爆炸、熔岩流汹涌，想象抢劫和破坏。我理解了历史的痛苦，那不过是装在令人恶心的怀旧情怀中的大屠杀记录。我感受到科学家和政治家的自大；我体验到新闻评论员和加油站员工的傲慢；我领会到会计员和园艺工的自鸣得意。我把自己视为伟大的流浪者，我成了卡利班[1]、狄俄尼索斯[2]以及所有那些曾因为直视脓血斑斑的真理而遭辱骂之人的追随者。简而言之，我暂时迷失了思想。

　　3. 然而我有另外的选择吗？克洛艾的离去动摇了我的信念——我不再是自己房屋的主人，它提醒我精神的脆弱、心智的无能及缺陷。我失去了地球的重力吸引，整个人崩溃瓦解。然而在这极度的绝望之中，我的神志却是出奇的清醒。我感到自己无法讲述自己的遭遇，但却看到一个魔鬼在替我担负起述说者的角色。他是一个顽皮任性的心魔，乐于将他的诸多角色高高提起，然后把他们掷向下面的岩石。我觉得自己就像一个被绳线吊着的玩偶，一下子被提升到天空，或一下子降落到心灵深处。我是高

1　卡利班，莎士比亚剧本《暴风雨》中丑陋凶残顽愚不化的奴仆。

2　狄俄尼索斯，希腊神话中的酒神。

超演讲者故事中的人物，无力改变比我更为庞大的故事结构。我是表演者而非剧作家，只能盲目地接受他人的剧本，归属于一个未知而痛苦的结局。我承认并且后悔以前乐观主义的傲慢自大：相信答案存在于思索之中。我意识到汽车的操纵器与它的动作几无联系，我能刹车，我能踩油门，但是车子以自己的冲量在运动。我暂时感觉到的踏板的反应是错误的，我以前确信无疑的原来不过是踏板和动作的偶然巧合，不过是洞察人类奥秘的理论和命运的偶然巧合而已。

4. 如果我自己的思想是苍白的模仿者，而不是发起者，那么真正的思想则在幕后，在背景之下或在舞台侧景之上，是一种非我的思想。我又一次期盼着命运，我又一次感觉到爱情源泉的神圣本质。爱情的降临和离去（前者是那么美好，后者是那么可憎）提醒我，我只是丘比特和阿弗洛狄忒游戏中的一个玩物。在难以承受的惩罚中，我找到了自己的过错。我是一个神志不清的罪犯，正走向自己都没有注意到的危险。我杀戮，却又没有意识到自己的杀戮行为。这是一个不容暂缓的罪行，因为它并不怀有明确的犯罪意图。我本来希望爱情长生不息，但我仍然毁灭了它。我犯下了罪行，但却对自己的罪行一无所知。如今我寻找自己罪在何处，却不能确定我到底做了什么，只好承认干了一切坏事。我将自己撕碎，寻找行凶的武器。每一点傲慢无礼，所有那些残酷、考虑不周的行为都重现在我的眼前——没有一丝一毫逃过诸神的

218.

眼睛，如今他们对我施行这些可怕的复仇。看着镜子里自己的脸，我忍无可忍，我抠出自己的眼睛，等待众鸟来啄食我的肝脏，把我这罪恶之躯衔到高山之巅。

5. 古代诸神当然已不复存在，他们对于袖珍计算器时代来说过于庞大。奥林匹斯山变为滑雪胜地，特尔斐[1]的神示所成了昆士威附近的咖啡馆，但是众神仍然在那里，他们找到了新的形体，穿上套装，参与到当今时代中来。他们现在被微型化了，不再穿梭于云彩之间，而是徜徉在我们的灵魂深处。在心灵的舞台上，我正生动地演绎一出戏剧，独自一人扮演诸神的角力。在舞台中心，宙斯／弗洛伊德在导演这场演出，在讲解主旨，分派雷鸣、闪电、咒语。我在命运的诅咒之下痛苦地煎熬，这不是外在的命运，而是心理命运，产生于心灵深处的命运。

6. 在一个科学时代，心理分析为我的心魔进行命名。尽管心理分析本身隶属科学范畴，但还存留迷信的原动力（如果不是本质的话），相信大多数生命的展开无需理性的控制。从狂热、无意识行为的故事中，从冲动和天罚的故事中，我觉察到宙斯及其同伴的存在，地中海变成了十九世纪后期的维也纳——一幅大致相同、得以世俗化、净化了的图画。弗洛伊德完成了伽利略和达尔

1　特尔斐，古希腊城市，因有阿波罗神庙而出名。

文的革命，把人类带回希腊祖先最初的谦逊，人类不再是扮演者，而成为被扮演的对象。弗洛伊德的世界由双面的硬币组成，其中一面永不为我们所见，这是一个仇恨可掩身于伟大的爱情背后或伟大的爱情躲藏在仇恨背后的世界。在这个世界，男人也许会用心去爱女人，但又会在无意识之中通过点点滴滴将她送入另一个男人的怀抱。弗洛伊德的思想从长久以来属于自由理念的科学领域出发，代表了一种向心理决定主义的回归。弗洛伊德学说的信奉者们从科学自身的领域对思想的“我”的支配地位予以质疑，这是在对科学的历史进行令人啼笑皆非的歪曲。“我思故我在”变成了拉坎[1]的“我非在我思处，我思非我所在”。

7. 我们不能找到一个超验主义的支点去审视过去，过去总是相对于现在而存在，随着现在的运动而发展变化。我们也不是为了怀念过去而回首往事，体察过去是为了解释现在。既然一切已经令人不快地走到了终点，那么我对于克洛艾的爱在我生命中的作用现在看来已非同往日了。当我快乐地享受爱情时，我把爱嵌入永远迈向更美好的生命故事之中，作为我将最终学会怎样生活、让自己幸福的证明。我记起我的一位姑妈——一个并不坚定的神秘主义者。她曾经预言我会拥有美满的爱情，很可能会爱上一个从事美术绘画的女孩。有一天，看着克洛艾素描时，我想起了这

1　拉坎（1901—1981），法国精神病学家。

位姑妈。我兴奋地意识到甚至注意到，在这个细节上克洛艾都与姑妈的预言完全一致。和她相拥着徜徉在大街，我有时会体验到是上天在保佑我，赏赐于我的幸福就是神的光轮存在的证明。

8. 如果我们要寻找征兆——不论是好的还是坏的，这实在是不费吹灰之力。如今克洛艾离去了，爱情故事令人恐惧的一幕拉开了，快乐的爱情故事走向了终点，之所以它被选中，就是因为它将失败。它的失败再次重复了一种典型的家庭恐惧症。记得父母离婚时，母亲警告我日后得谨慎小心，不要陷入与她相同的婚姻悲剧，因为她母亲就没有逃脱这样的命运，她母亲的母亲也是如此。这会不会是一种遗传病症？会不会是我们的遗传和心理结构对家庭生活的诅咒？几年前，先于克洛艾的一个女朋友曾在一次激烈的争吵中告诉我说，我将永远不会从爱情中得到幸福，因为我"想得太多"。确实如此，我确实想得太多（这些想法足以作为证据），思想于我来说，既是有益的自然力，也是折磨我的工具。也许是因为我的思索，才使我枯燥的分析精神与克洛艾的性格不合，才使我不知不觉之中疏远了克洛艾。我记得曾在牙医诊所读过一本星相学的书，书上警告我说，越是努力想在爱情中成功，事情就越困难。克洛艾的离去应验了这一点：我努力想和她交好，然而由于一个迄今为止尚不清楚的心理宿命，结果只能看着我们分崩离析。我无力正确地行为处事，我触怒了众神，阿弗洛狄忒的诅咒降临到我身上。

9. 心理宿命论替代了昔日的爱情宿命论，然而二者不过是同一种思想倾向的两方面。它们都是叙事的方式，在一连串不依时间为序的事件中彼此关联，在善／恶的尺度、英雄或悲剧英雄的标准上得以评价。通过一个曲线图可以说明（见图 20.1），第一个是幸福的故事，类同于一个朝上延伸的箭头，好似我学会了把握世界、理解爱情。

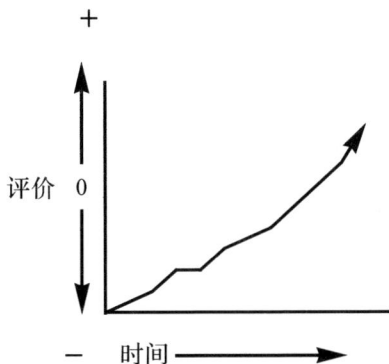

图 20.1　英雄故事（爱情宿命论）

10. 但是克洛艾的离去否定了这幅曲线图，使我明白过去其实很复杂，包含着一个迥然相异的解释，幸福总是伴随着残酷的坠落，是另一个不同的曲线图（见图 20.2），我生命的轨迹也许就如一系列的峰尖伴随着一直下降的低槽——一个悲剧英雄的命运，他的胜利总是要付出巨大的代价，以生命的结束而告终。

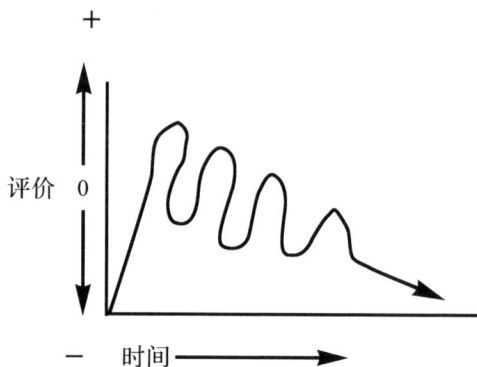

图 20.2　悲剧英雄故事（心理宿命论）

11. 诅咒的本质就是，人在诅咒之下痛苦地煎熬而不知其存在。诅咒是写在个体生命过程中的秘密代码，但又找不到它合理的、预先的表述。俄狄浦斯受到神谕的警告，他将弑父娶母。然而这些警告于事无补，仅仅警醒的是思想着的"我"，却无法制止这编成代码的诅咒的应验。为了逃避神谕，俄狄浦斯被赶出家门，但结果依然逃脱不了与伊俄卡斯特结为夫妻的命运。他的人生是由他人来告知，自己已无法左右。他知道可能出现的结果，他明了危险，然而却无力改变。诅咒战胜了意愿。

12. 我为之痛苦煎熬的诅咒又是什么？不是别的，是不能得到幸福的爱情，这是现代社会中最大的不幸。从那浓荫掩映的爱情果园中放逐出来，我被迫在这尘世间游荡，我无法抑制我的强迫行为，致使我爱的人离我而去，就这样一直到我的生命走到终点。我为这不幸寻找一个名称，我发现这名称就包含在对重复性强迫行为的心理分析学解释之中，其定义就是：

　　……一个起源于无意识的不可控制的行为过程。在这种行为驱使下，主体故意将自己置于痛苦的境地，从而反复体验以往的某次经历，但又不记得这是过去已经发生的事情。相反，他强烈地认为这种境况完全决定于当下的环境。[1]

　　13. 心理分析学令人欣慰之处（如果能够如此乐观地说）在于，它认为我们生活在一个富有意义的世界。哲学不过是白痴讲述的一个毫无意义的故事而已（甚至否定意义本身包含意义）。然而意义从来不是无足轻重的：心理宿命论者的咒语微妙地用为了替代然后，从而确定一个失效的因果联系。我不是爱着克洛艾然后她离我而去，我爱着克洛艾是为了她离我而去。爱她，这痛苦的故事就如一篇涂抹重写的手稿，在文字背后，还有另外一个故事早被书写了。早在几个月甚至几年之前，潜意识中就有一种模式已被仿造。孩子赶走了母亲，或母亲遗弃了孩子，如今孩子／男人重新创造了同样的剧本，演员虽已更换，但情节却依然未变，克洛艾穿上了另一个人穿过的衣服。为什么我竟然选择了她？不

1　引自 J. 赖普兰科和 J.B. 庞特利斯的《心理分析术语》，卡拉克图书出版社1988 年版。

是因为她的笑靥，不是因为她活跃的思想，而是因为无意识，因为在这心灵的戏剧中，负责分配角色的导演从她身上发现了一种适合扮演母亲／婴儿剧本角色的性格。她会按照剧作家的要求，带着必需的毁坏和痛苦，适时离开舞台。

　　14. 与希腊诸神的诅咒不同的是，心理宿命论至少承诺，它的诅咒可以被避免。只要自我在痛苦、挫伤、流血、穿刺之后还没有那么地被损毁，只要自我还能规划每一天，更不用说还能安排生活，那么本我是什么，自我也可以是什么。但我的自我失去了所有的复原能力，惨遭飓风的吞噬，苦苦挣扎只想恢复基本的功能。如果我还有力气从床上爬起来，也许我能挪到诊所的病床上，在那里，如同俄狄浦斯到了科洛诺斯一样，开始给自己的苦难一个了结。但是我没有能力集中必要的神志走出屋子，寻求帮助。我甚至不能与人交谈，也不能运用象征手法陈述此事。我无法让他人分担我的苦难，因此苦难肆意蹂躏着我。我蜷缩在床上，窗帘拉上了，最轻微的响声，最微弱的光线都会激怒我。冰箱里的牛奶馊了，抽屉不能一下子打开，都会让我异常气恼。看着一切从我手中悄悄溜走，我得出结论：要重新获得至少是一定程度的控制力，惟一的方法就是自杀。

二十一　自　杀

1. 圣诞假期翩然而至，随之而至的还有圣诞颂歌、祝福卡片以及第一场雪。克洛艾和我本来计划到约克郡的一家小旅馆度圣诞那个周末的。我桌上的旅游手册介绍说："修道院的乡间小屋以约克郡温暖宜人的优美环境欢迎贵客光临。您可以在橡木搭建的客厅里，坐在明火壁炉旁聊天；您可以在草地上漫步；或者您只需舒适地待在屋内，让我们为您效劳。修道院的乡间小屋永远为您提供最优质的假日服务。"

2. 在那个阴沉的星期五晚上五点钟，圣诞节前两天，我死前几小时，我接到了威尔·诺特的电话：
"我打电话是与你告别的，周末我就要飞回旧金山了。"
"喔。"
"你现在好吗？"
"什么？"
"一切都好吗？"

"一切都好？嗯，是的，可以这么说。"

"听到你和克洛艾的事我很抱歉，真是糟糕。"

"听到你和克洛艾的事我很高兴。"

"你知道了？是的，我们才开始。你知道我一直喜欢她，她打电话跟我说，你们分手了。事情就这样开始了。"

"哦，好极了，威尔。"

"我很高兴听到你这样说。我希望这对我们的关系没有什么影响，因为我不想失去一份真诚的友谊。我一直希望你们俩能重修旧好，我认为你们在一起很合适。不管怎么说，确实很遗憾。你圣诞节准备怎么过？"

"待在家里，我想。"

"看来你真的要遭一场大雪了，总会雪过天晴的，是吧？"

"克洛艾现在和你在一起？"

"克洛艾现在和我在一起？是的，噢，没有，我是说，她这会儿没在这儿。本来在，刚才出去逛商店了。我们说起圣诞饼干，她说她喜欢吃，所以就出去买了。"

"太好了，代我向她问好。"

"我肯定她听到我们的谈话会很高兴的。你知不知道她和我一起到加利福尼亚过圣诞节？"

"是吗？"

"嗯，带她看看这个城市挺好。我们先到圣巴巴拉和我的父母在一起待几天，然后也许去沙漠里或别的什么地方过一段时间。"

"她喜欢沙漠。"

"是的,她跟我说过。好了,我得挂电话了,祝你圣诞节快乐。我还要收拾东西。明年秋天我也许会再来欧洲,不管怎样,我会给你打电话,来看看你……"

3. 我走进浴室,把找到的每一粒药片都拿出来放在餐桌上。这一堆阿司匹林、维他命、安眠药,以及几杯止咳糖浆和威士忌,足以让我结束全部的人生游戏。遭爱情抛弃之后,还有什么比自杀更明智?如果克洛艾真是我全部的生命,那么为了证明我的生命里不能没有她,我结束自己的生命难道不是正常之举?如果曾被我声言是我生命意义之所在的人,现在却为一个在圣巴巴拉山沟里有住房的加利福尼亚建筑师买圣诞饼干,而我还一如往日地活下去,这难道不是不诚实?

4. 伴随我与克洛艾的分手而至的,还有朋友和熟人给予我的无数陈词滥调的同情:分手也许更好,激情没法永远持续;只要曾经生活过,爱过就很好了;时间将会愈合一切。甚至威尔也试图将其说得稀松平常,就如一次地震或一场雪,是大自然对我们的考验,是不可避免的,不应该将其视为挑战。我的死将会成为对平庸想法的断然否定,我的死将告诉人们,纵使他人早已将其置于脑后,我却不会忘却。我希望能逃脱时光对痛苦的销蚀和减弱;我希望痛苦永远延续下去,以便借烧毁的神经末梢与克洛艾相连。

228.

只有通过死，我才能证明自己的爱是多么重要，多么不朽；只有通过自我毁灭，我才能告诉一个厌倦悲剧的世界：爱情无比庄严。

5. 目睹此事的人继续生存，履行此事的人行将毁灭。晚上七点，雪还在下着，开始为这城市裹上一层被子，开始为我准备裹尸布。这是我说我爱你的惟一办法，我足够成熟，不会要你因此而责备自己，你知道我是怎么看待罪过的。我希望你喜欢加利福尼亚，我明了那儿的山峰非常秀美，我知道你无法爱我，请理解我，没有你的爱我无法生活下去……遗书（写于延迟的自杀之前）多次易稿：一堆撕碎的信纸堆在我身边。我坐在餐桌旁，裹着一件灰色的外套，旁边只有冰箱的嗡嗡颤动。我猛然抓起一把药片，吞了下去，后来才知道，那是二十粒维他命 C 泡腾片。

6. 我想象在我僵直的身体被发现后不久，克洛艾接待一个警察的情景。可以想见她脸上的震惊，威尔·诺特裹着肮脏的被褥从卧室走出来，问道："出事了，亲爱的？"在崩溃地号啕大哭之前，她回答说："是的，哦，天哪，是的！"接着会产生最痛心的悔恨和自责——她会责怪自己太不了解我，太残酷，太没有眼光。还会有谁对她如此忠诚，为她奉献自己的生命？

7. 众所周知，人类因没有发泄情感的能力而使他们成为惟一能够自杀的动物。一只愤怒的狗不会自杀，它会撕咬惹它恼怒的人或物。但是一个愤怒的人只会在自己的屋子里生气，无言地留下一个纸条，然后射杀自己。人类是一种使用象征和暗喻的生物：我无法表达自己的愤怒，所以我用死亡来予以象征。我结束自己的生命，我认为这是克洛艾在杀死我，但是，我毁灭的只是自身，而非克洛艾。

8. 我的嘴现在喷出泡沫，橘黄色的泡泡不断从嘴里冒出来，一遇到空气就爆裂了，把桌子上和我的衬衣领子溅了薄薄的一层橘黄色薄膜。当我静静地观看这酸性的化学景观时，我对自杀后果的矛盾性期待折磨着我，也就是说，我不愿在生存或毁灭之间作出抉择。我只希望向克洛艾表明——用比喻的说法——没有她我无法生存下去。具有讽刺意味的是，死亡是一个过于实在的行为，以至我没有机会看到喻体得到解读。由于死亡（至少在世俗的框架中），我无法目睹活着的人看着死去的我，如果不能这样，那么我的举动又有什么意义？想象我死去的图景，我把自己视为看着自身灭亡的观众。然而这无法成为现实，我将只是死去，因此达不到我最终的愿望，即既毁灭又生存。毁灭能够向整个世界，特别是向克洛艾显示，我是多么愤怒；生存能够让我看到我的死对克洛艾的打击，从而缓解我的愤怒。这不是一个生存还是毁灭的问题，我对哈姆雷特的回答是：生存并且毁灭。

9. 那些以某种方式自杀的人们也许忘了上面这个等式的后半

部分，只是把死亡视为是生命的一种延伸（是死亡之后灵魂的生活，可以观看自己的行动产生的影响）。我蹒跚着挪向厨房洗涤池，我的胃痉挛起来，挤压出泡腾液汁。自杀的快感不在于可恶地杀伤肢体器官，而在于其他人对我的死亡做出的反应（克洛艾在坟墓前哭泣着，威尔眼睛望着别处，两人朝我的胡桃木棺材上撒着泥土）。我忘了杀死我自己，我的生命也就随之消失，从而也无法从自身灭亡的情节剧中获得快感。

二十二　基督情结

1. 如果遭遇痛苦有任何裨益，那么这裨益也许就在于，痛苦者可以将痛苦作为他们与众不同的证明（无论怎样有悖常情）。若非为了表明他们有异于那些没有遭受苦难的人，从而有可能比他们更好之外，又还有别的什么原因让他们遭遇这种巨大的折磨？

2. 我无法形只影单地在家里打发圣诞节，因此我住进了贝斯沃特路后面的一家小旅馆。我随身带了一个小手提箱和一些书、衣服，但是我既不读书也不穿衣服，而是整天身着睡袍，躺在床上，不停地换着电视频道，看房间送餐菜单，聆听街上传来的零落声响。

3. 最初，那种声音与下面交通的嘈杂声混合在一起：车门尖利地关上、卡车离合器换到一挡、风钻在人行道上开掘。然而从这所有的声音中，我开始发现一种迥然不同的声响穿透我脑袋旁边那薄薄的墙板，一波一波地传了过来。我的头靠在油腻腻的

232.

床头板上，中间垫着一本《时代》杂志。无论你怎样努力不去听（天知道谁能这样），都可以分辨得出隔壁房间传来的人类交合的声音。"操，"我心想，"他们在操！"

4. 人们可以合理地想象一个聆听着人类交媾之声的人会有怎样的反应。如果他是富有想象力的年轻人，那么他会想要与隔壁男人做同样的事，用他诗人般的脑袋，构想那位幸运女人的完美形象——贝雅特丽齐[1]、朱丽叶、夏洛特、苔丝——他自以为她们的尖叫声是他引起的。或者，如果被这种实实在在的情欲侮辱，他也许不去理会，想一想国家大事，把电视的声音开大。

5. 但是我的反应则是听之任之——或者更准确地说，除了承认这个事实之外没有任何反应。自克洛艾离去之后，我能做的只是机械地承认。就男人这个词的一切含义而言，我成了一个再也不能产生惊讶的男人。心理学家告诉我们，惊讶是对未预料到的事物的反应。但是一切都在我的预料之中，所以我也就不会对任何事物感到惊讶。

6. 我的脑子正想着什么？除了一首歌，什么都没想。那是一首在克洛艾车上的收音机里听来的歌，听歌那会儿夕阳已落到了

---

1 贝雅特丽齐，但丁《神曲》中理想化了的一位佛罗伦萨女子。

公路边上：

> 我恋爱着，甜蜜的爱，
>
> 听我叫你的名字，我一点都不害羞，
>
> 我恋爱着，甜蜜的爱，
>
> 永远不要离开我，我们相爱不罢休。[1]

我陶醉在自己的悲伤中，达到了痛楚的顶点。这时，痛苦得以升华，获得了价值，产生了基督情结。那一对男女交合的声响和欢乐日子里聆听的歌儿一起化为汹涌的泪水，随着我想起自己境况的不幸，奔流而下。然而，我第一次感到这不是愤怒的热泪，而是一种酸甜交加的泪水。这泪水传递着一种信念：不是我，而是那个使我痛苦的人有眼无珠。我一下子欢欣鼓舞，从痛苦的顶峰滑入快乐的山谷。这是一种殉难者的快乐，一种基督情结的快乐。我想象克洛艾和威尔在加利福尼亚旅行，我听见隔壁要求"再来一次"和"再用点力"的声音，沉醉于悲伤的苦酒之中。

    7. 沉思着圣子的命运，我问自己："如果一个人能为所有的人理解，那么他会有多么伟大？"我真的还要继续责怪克洛艾不

1　美国女歌手安妮塔·贝克（1958—　）于 1986 年创作并演唱的歌曲《甜蜜的爱》（Sweet Love）。

234.

理解我吗？她抛弃我只能更说明她多么缺乏远见，而不是说我有
多少不足。她不一定再是天使，我也不一定再是歹徒。因为她太
肤浅，不能理解我，所以才会离开我，投入一个三流的加利福尼
亚科比西埃[1]怀中。我开始重新解读她的性格，着眼在她那些令人
不太愉悦的方面。归根结底，她是一个非常自私的人，她的美丽
只是浅薄的外表，蒙住的是更没有魅力的内心。如果她诱使人们
认为她值得爱慕，那多半是出于她有趣的谈吐和友好的微笑，而
不是真正的爱。对于她，别人不了解的地方我都了解。很显然
（尽管以前我没有意识到）她天生就是以自我为中心，相当刻薄，
经常不体谅他人，行为轻率，有时还很粗野。当她累得不耐烦，
当她武断专行，当她决定抛弃我时，她显得既鲁莽又毫无策略。

8. 痛苦使我获得无限的智慧，所以对于她的判断力缺失，我
当然可以原谅、同情并且迁就——这样让我感受到无限的放松。
我可以躺在一间淡紫色和绿色相间的旅馆房间里，感觉自己充满
了美德和伟大。我为克洛艾无法理解的一切而深表遗憾。我咧嘴
露出忧郁而会心的笑容，满怀智慧地看着尘世男女的行径。

9. 情结只是被曲解的心理学把戏，使每一个失败和耻辱获
得相反的意义。为什么将我的情结称为基督情结？我本可以把自

1　科比西埃（1887—1965），瑞士建筑师、城市规划师。

己的痛苦视作是少年维特、包法利夫人或是斯万夫人[1]的痛苦，但是这些受伤的恋人都不及基督清白无瑕的美德和无可置疑的善良——在对待他努力去爱的人们的罪恶时。他之所以富有吸引力，不在于文艺复兴艺术家赋予他的泪汪汪的双眼和灰黄面孔，而是因为基督本人是一个和蔼、完全公正和被出卖的人。《新约全书》中的词句，如同我的爱情，是源于一个富有美德而被歪曲之人的哀婉动人故事，他宣讲每个人都要爱周遭众生，却看到他高洁的思想被扔回到他脸上。

10. 如果没有一个殉难者作为先驱，难以想象基督教可以取得今天的成就。如果基督仅只安静地生活在加利利，做着五斗橱和餐桌，在生命走到尽头、死于心脏病之前，出版一本薄薄的标题为《我的生活哲学》的书，那么他将无法获得现在的地位。十字架上充满痛苦的死亡，罗马政权的腐朽和残暴，朋友的出卖，所有这些都不可或缺地证明（精神上的多于史实上的）：基督与上帝同在。

11. 苦难的沃土上自发地培育着美德的情感。苦难越多，美德越多。基督情结纠缠于优越感之中，这是苦难者的优越感，与

---

1 斯万夫人是马塞尔·普鲁斯特（1871—1922）的小说《追忆逝水年华》中的人物。

236.

压迫者那不可抵抗的暴政和盲目相比，苦难者拥有更多的美德。被我所爱的女人抛弃，我把自己的痛苦提升为一种品质（下午三点瘫躺在一张床上，基督钉在十字架上），从而保护自己免受悲伤的折磨，那最多不过是一次世俗爱情的破裂产生的悲伤。克洛艾的离开也许令我伤心欲绝，但至少让我拥有了高尚的道德，虽然被判决去死，但成全我去做一个名垂青史的殉难者。

12. 基督情结与马克斯主义处于对立的两端。出于自我厌恶，马克斯主义不让"我"涉身任何愿意接纳"我"的俱乐部。基督情结也让"我"立身于俱乐部的大门之外，但却是出于充分自爱的结果，它声言，因为"我"特殊所以没有被接纳。许多俱乐部天生不喜欢伟大崇高、智慧超群以及感觉敏锐的人们，这无疑显得粗野草率，故而那些人只好或是待在门外，或是被他们的女朋友一脚踢开。我的优越感主要建立在我的孤立和痛苦的基础之上：我痛苦，因此我特殊。我不被理解，但正是因为不被理解，我肯定值得更为深刻的理解。

13. 只要避免了自我厌恶，人们必然会赞成软弱递嬗为美德的神秘变化——将我的痛苦演变为基督情结，这当然暗示了一定程度的心理健康。它表明在内心自我厌恶和自我珍爱的灵敏平衡中，自我珍爱现在占了上风。对于克洛艾的背弃行为，我的第一反应是自我厌恶情绪，彼时我还依然爱着她，痛恨自己不能将爱

情进行到底。但是我的基督情结已经将等式颠倒过来，认为克洛
艾背弃行为说明她只值得被轻视，或至多值得同情（那是基督美
德的典范）。基督情结只是一个自我防卫的办法，我并不希望克洛
艾离开我，我从来没有这么爱过一个女子。但是既然她已经飞去
加利福尼亚，我接受这不可接受的失落的办法，就是去重新发现
她曾经的价值无比，只是初识的昙花一现。这明显是一个谎言，
但有时当我们遭遇抛弃，陷入绝望，独自一人在旅馆里打发圣诞
节，听着隔壁房间里肉体祈福的声音时，我们无力更诚实。

二十三　省　略

1. 有句阿拉伯谚语说，灵魂以骆驼的缓慢步伐行进。当既定了时间表的现实以无情的动力迫使我们前行时，我们心之所在的灵魂却饱含怀旧，担负着沉重的记忆跟在后面。如果每一次情事都给骆驼增加一点背负，那么可以想见，巨大的爱情负担会令灵魂举步维艰。在灵魂最终能卸去记忆的重担之前，克洛艾险些杀死了我的骆驼。

2. 我对现实的所有欲望都随她的离去而消逝。我生活在怀旧之中，不停地回首和她共度的时光。我的眼睛从没有真正睁开，只是向后，向记忆深处回眸。我宁愿让余生跟随骆驼行走，若有所思地穿越记忆的沙丘，休憩在迷人的绿洲，翻阅往日的快乐时光。现在时已毫无意义，过去时才是惟一的适宜。除了嘲弄地提醒我想起那个离去的人儿，现在时还何用之有？除了她的离去随之而来的更多伤痛，未来还有什么？

240.

3. 当我沉溺于记忆深处时，有时我会忘却这没有克洛艾相伴左右的"现在"，会幻想我们从没有分手，仍然相依相随，好像我随时可以打电话给她，提议去奥第恩看场电影，或是到公园里散散步。我选择无视她已经在加利福尼亚南部一个小镇与威尔情订终身，思想从事实身边溜走，投靠幻想，幻想充满狂欢、爱情和笑声的田园诗般的时光。然后，我会被猛然拉回没有克洛艾的现在。当电话铃声响起，我走过去接听时，我会发现（仿佛第一次才发现，有着初次的切肤之痛）浴室里克洛艾曾经放发刷的位置如今空空如也。那发刷的消失犹如心头的伤口，在残忍地提醒我：她已经离去。

4. 曾经共度的生活留下了太多的痕迹，而今她的身影依然隐现其间，让忘却越发困难了。站在厨房里，水壶也许突然使我想起克洛艾曾把它灌满水；超市货架上的一罐番茄酱会奇异地让我记起几个月前一次类似的购物；深夜驾车经过汉默史密斯高架桥时，我会回忆起从前同样的雨夜，我曾驾车驶过这同样的路段，不同的是当时有克洛艾坐在旁边；整理沙发坐垫唤醒我的记忆：她累了就会将头枕在上面；书架上的辞典告诉我，她曾经多么热情地从中查找不认识的字。一周的某些时段，我们习惯一起做些事，也成了过去和现在令人痛苦的对比：星期六上午使我想起我们参观美术馆，星期五夜晚到一些俱乐部去，星期一晚上看某档电视节目。

5. 物质世界不让我忘记过去。生活比艺术要残酷，因为后者常常使人确信，物质环境反映人的精神状况。如果洛尔卡[1]的剧中人物说，天空变得非常低沉、灰暗，这已不再是一个单纯的气象观测，而是心理状态的象征。现实生活中没有那么多外部环境与精神世界的精巧一致——暴风雨来临，远非死亡和崩溃的预兆，相反，纵使雨水扑打着窗户，人们依然可以找到爱情和真理、美丽和幸福。同样，美丽温暖的夏日，一条崎岖的道路上，一辆车可能会突然失控，撞到树上，给乘客致命的伤害。

6. 但是外部世界并没有随着我的内心情绪的变化而变化，那些构成我爱情故事背景的建筑，那些让我从中获得生命力的建筑，如今顽固地拒绝改变它们的模样以反映我的内心状态。通向白金汉宫的那条路旁的树还是那些树；住宅区街道前面那些拉毛墙饰的房屋还是那些房屋；流过海德公园的那条舍潘泰河还是那条河；天空仍然是那样的瓷器蓝；开过街道的还是那些车；同样的商店仍然将同样的商品卖给同样的顾客。

7. 这种稳固不变提醒我，世界并不反映我的内心，它是一个旋转着的独立实体，不管我恋爱还是失恋，幸福还是悲伤、活着还是死去。世界不会随着我的情绪变化改变它的面目；组成城市

---

1 加西亚·洛尔卡（1898—1936），西班牙诗人、剧作家。

街道的巨石也不会为我破裂的爱情故事发出诅咒之声。尽管它们曾经幸福地迎合了我的幸福，它们现在还有更好的事情去做，而不是在克洛艾走后就随之崩塌。

8. 然后我不可避免地开始遗忘。与她分手几个月后，我发觉当自己走过伦敦她曾居住的那个地区，再次想起她时，曾经有过的巨大痛苦消亡殆尽。我甚至发觉首先想起的并不是她（尽管就在她住的那个区），而是我曾与别人在附近一个餐馆的约会。我意识到对克洛艾的记忆淡化了，成为历史的一部分。然而负罪伴随着忘却。令我伤心的不再是她的离去，而是我对此日甚一日的冷漠。忘却是死亡的提示，是失落的提示，是背弃我自己曾一度珍视无比的爱情的提示。

9. 自制逐渐恢复，新的习惯养成了，一个克洛艾渗入较少的自我建立起来了。我长久以来一直围绕着"我们"打造出来的身份，现在几乎发现了一个全新的自我，重新回到了"我"。很久之后，克洛艾和我之间的成百上千个联系才消逝不见。过了好几个月我才能淡忘她穿着晨衣躺在我的沙发上的样子，而由另外的影子——一个朋友坐在上面看书，或是我的外套放在上面——代替。我得有无数次走过伊斯灵顿才能适应，伊斯灵顿不仅是克洛艾所在的区，还是购物和餐饮的绝好去处。我得重新参观每一个地点、重提每一个话题、重唱每一首歌曲以及重新进行每一个活动，只有重温和克洛艾共同创造的这些旧事，我才能重新适应现在，才能忘却与克洛艾的这些联系。然而我逐渐忘却了。

10. 时光缩略了，就像手风琴一样有伸展有收缩，流淌如伸展，记住的只是收缩。我和克洛艾的那一段生活就仿佛一块冰，我带着它在"现在"中前行，它已经逐渐融化。就如眼前的事件，最终也会成为历史，其间，它们被压缩成一些核心细节。这个过程就像摄影机为一分钟的电影拍摄了成千的片段，但是却被剪掉了大部分，只根据神秘的想法选择一些片段，组合成某个画面，只因为它吻合于某种情绪状态。就像一个世纪被简化和象征为一个特定的教皇，或一个王朝，或一场战争，我的爱情被提炼为一些图像（同样是选取，但比那些历史学家更为随机）：我们第一次接吻时克洛艾脸上的表情、她胳膊上浅淡的汗毛、她站在利物浦街地铁站入口处等我时的身影、她白色的套衫、当我讲起"乘火车经过法国的俄罗斯人"这个笑话时她的笑声、她用手拂弄头发的样子……

11. 在时光中行走的骆驼越来越轻快，不断将记忆和照片抖下背去，撒落在沙漠上，让风沙掩埋它们。渐渐地，骆驼是那样地轻快，能够小跑起来，甚至以它自己奇怪的方式飞奔起来——直到有一天，在一片小小的自称为"现在"的绿洲上，这个筋疲力尽的生灵终于追赶上我的其余部分，与它们合而为一。

二十四　爱情的经验

1. 我们必须承认，爱情可以给人一些经验，否则我们会无止境地重复错误且乐此不疲，就如苍蝇不懂得玻璃看似透明却无法穿其而过、发疯似的朝玻璃窗上撞一样。难道没有一些基本的道理需要把握？难道没些许智慧可以防止过分的激情、痛苦和苦涩的失意？如同精明地安排食谱、死亡或金钱一样理智地去爱，这难道不是一个合情合理的愿望？

2. 我们对生活并不是生而知之，它是一门必须掌握的技巧，如同学骑自行车或学弹钢琴一样。当意识到这些时，我们开始想拥有智慧。然而智慧建议我们做什么呢？它让我们远离焦虑、恐惧、盲目崇拜以及有害的激情，追求镇静与内心的平和。智慧教育我们，最初的冲动也许并不总是真切的，如果我们没有陶铸理智将真正的需要与虚浮的偏好分开，欲望将把我们引入歧途；智慧告诉我们，要控驭我们的想象，否则它将歪曲现实，将高山化为小丘，将青蛙变为公主；智慧告诉我们，要抑制我们的恐惧，

246.

这样才能防备真正的危害，而不是把精力浪费在妄想逃出我们映在墙上的影子；智慧告诉我们，不必害怕死亡，我们所要害怕的只是害怕本身。

3. 但是对于爱情，智慧又有什么见解？它是不是应该完全被抛弃，就像咖啡或香烟？或者应该偶一为之，就像一杯酒或一块巧克力？爱情与智慧的立场是不是截然相反？坠入爱河的哲人是失去了理智吗，抑或他们只是长得过快的孩子？

4. 如果有睿智的思想家赞同爱，那么他们就会细致地将各种爱区分开来，就如医生建议不吃蛋黄酱，但用低胆固醇成分制作的蛋黄酱则可以吃。他们将罗密欧和朱丽叶式的激烈爱情与苏格拉底对善的沉思型崇拜区分开来；他们将维特式的过度激情与基督倡导的兄弟般不流血的爱作鲜明的对比。

5. 这种区别可被分为成熟的爱和不成熟的爱。成熟的爱几乎每一方面都值得称许，它的原理就是，敏锐地觉察到每个人的优点和缺陷。成熟的爱充满自我节制，不会将事物理想化，能够摆脱嫉妒、受虐狂或痴迷的困扰。成熟的爱是一种有性关系的友谊，相处和睦，令人愉悦，彼此回应（也许这能够解释为何许多了解情欲的人不给这无痛的情感以爱的称谓）。而不成熟的爱（尽管与年龄大小几无关系）是一个在理想化和失望感之间摇摆不定的故事，一种狂喜、幸福与溺毙般和无比憎恶的感受夹杂的不稳定状态，在这种状态中，最终找到心上人的感觉伴随着从来没有过的迷失感。不成熟的（因为绝对化了的）爱，其逻辑顶点就是死亡，或是象征性的死亡，或是真正意义上的死亡。成熟的爱，其高潮就是步入婚姻和努力避免日常生活的龃龉（星期日的报纸、逼对方换条裤子、遥控器）导致的爱情破裂。不成熟的爱不接受妥协，而一旦我们拒绝妥协，就踏上了迈向终点的不归路。对于一个已经体验过不成熟激情的顶峰的人来说，步入婚姻是一个无法承受的代价——真还不如驾车冲下悬崖，结束一切。

6. 带着复杂的问题可能诱发的浅识，我有时会发出疑问（好像答案就在信封的背面一样）："为什么我们就不能互相爱恋？"为爱情的痛苦重重围困，为父母、兄弟、姐妹、朋友、肥皂剧明星以及理发师的抱怨层层包围，我会生成这样一个希望：因为所有的人都无可逃避这相同的痛苦，所以一个放之四海皆准的答案——一个对于世上情爱问题的形而上的解决办法——是可以找到的，虽然这寻找答案的规模如同共产主义为国际资本主义的不公正提出解决办法一样宏伟浩大。

7. 我在自己乌托邦式的白日梦中并不孤单，有一群人与我同行。他们相信通过足够的思考和治疗，爱情可以成为一种痛苦较少、几乎是健康的人生体验。就让我称他们为爱情实证主义者吧。分析家、传道士、教派领袖、治疗师和作家之类的人，在认可爱情充满重重难题的同时，认为真正的问题必然有同样真正有效的解答。面对许多充满激情的生命遭受的苦难，爱情实证主义者会努力找出原因——自尊情结、恋父情结、恋母情结、情结的情结——并且提出治疗方法（回归疗法、阅读《上帝之城》、从事园艺业、沉思）。有了荣格[1]的帮助，哈姆雷特的命运就可以重写；通过治疗缓解，奥赛罗也许会放弃过激行为；借助婚介机构，罗密欧也许会遇见更适合自己的人；采取家庭疗法，俄狄浦斯的问题也许可以得到分担。

8. 尽管艺术病态地痴迷爱情中的难题，爱情实证主义者却致力于寻找实用的方法，以阻止引发生气和心痛的最普遍诱因。与大多数西方浪漫主义文学的悲观主义观点相比，爱情实证主义者像勇敢的战士，更加富有学识和自信地进入了人生历程的一个领域，一个传统上属于颓废艺术家和精神错乱的诗人忧郁想象的领域。

9. 与克洛艾分手后不久，有次在一家车站书店浏览时，我看到了一本爱情实证主义的经典作品——《流血的心》，作者是派姬·尼尔莉博士。我被粉红色封底上的问题"爱情必然意味着痛

1　荣格（1875—1961），瑞士心理学家和精神分析学家，首创分析心理学。

苦吗？"吸引了，尽管要急着赶回办公室，仍然买了这本书。这个派姬·尼尔莉博士，这个勇敢地宣称找到谜底的女人是谁？从书的扉页，我了解了她：

"……毕业于俄勒冈州爱情与人类关系研究所，现居旧金山，从事心理分析、儿童治疗和婚姻咨询等工作。她写过很多关于处理情感沉迷、阴茎妒忌、群体动力、恐旷症等病症的书籍。"

10.《流血的心》讲述的是什么？它讲述的是那些不幸而又乐观的男男女女的故事，他们爱上了错的人，那些人虐待他们，或是让他们的情感得不到满足，或是酗酒，或是使用暴力。这些人潜意识里把爱情与痛苦联系在一起，痴痴地盼望着他们爱上的人会改变，好好来爱他们。他们幻想能够重塑那些本质上无法满足他们感情需要的人，而就是这种幻想毁掉了他们的生活。在第三章，派姬·尼尔莉博士指出问题的根源在于父母们的过错，是父母使这些不幸的浪漫者们曲解了感情生活。如果他们从来没有爱上善待他们的人，那是因为早年受到的感情教育告诉他们，爱不应该要求回报，爱是残酷的。但是通过治疗，分析童年时代，他们也许会理解自己受虐狂的根源，意识到他们改变不合适伴侣的愿望，只是幼年时代想把父母改变成为合适养护者的幻想的残余念头。

11. 也许是因为几天前才读完那本书，我发现自己与尼尔莉博士笔下的人物以及福楼拜杰作中的女主人公——悲惨的爱玛·包法利——的困境并不相同。爱玛·包法利是谁？她是一个生活在法国外省的年轻女子，嫁的丈夫受人敬重。由于她觉得与丈夫的爱情令人痛苦，所以对他产生了厌恶之情，并因此开始与不适合自己的男人发生奸情。那些懦夫并没有善待她，也不可能满足她浪漫的渴望。当罗多尔夫和莱昂显然只把她当作有趣的消遣时，爱玛·包法利还是盼望这些男人能够改变，好好爱她，她真是病了。不幸的是，爱玛没有机会获得治疗，无法清醒过来，意识到自己受虐狂行为的根源。她不顾丈夫和孩子，胡乱花钱。最终丢下幼子和困惑苦恼的丈夫，用砒霜结束了自己的生命。

12. 有时候，有趣的是，事物的情态千变万化，却有着超越时空的解决办法。如果包法利夫人能够和尼尔莉博士谈谈她的问题，结果会是怎样？如果爱情实证主义有机会干预文学中最悲惨的爱情故事之一，又会是怎样？谁都会为爱玛踏进尼尔莉博士旧金山的诊所后发生的谈话感到诧异。

（包法利夫人躺在诊察台上，抽抽搭搭。）

尼尔莉：爱玛，如果想要我帮你，你得说出自己的问题。

（包法利夫人没有抬起目光，只是用一方绣花手帕擤着鼻子。）

尼尔莉：哭泣有积极的作用，但是我想我们不能把整整五十分钟都花在哭上面。

包法利：（哭着说）他不写信了，他不……写信了。

尼尔莉：谁不写信了，爱玛？

包法利：罗多尔夫。他不写信了，他不写信了。他现在不爱我了。我是一个堕落的女人，一个可怜巴巴、痛苦不堪而且天真幼稚的女人。

尼尔莉：爱玛，别这么说。我已经告诉过你，你必须学会爱自己。

包法利：为什么要妥协去爱一个愚蠢的人？

尼尔莉：因为你是一个漂亮的人。因为你不明白这一点，你才爱上令你痛苦的男人。

包法利：但那时一切都太美好了。

尼尔莉：什么太美好？

包法利：在那儿，他在我身边，和他做爱，感受他的肌肤贴着我的身体，骑着马在林间漫步。我感觉那么真切，那么活生生，而现在我的生活全毁了。

尼尔莉：也许你觉得活生生，但这只是因为你知道你们不可能天长地久，这个男人并不真正爱你。你恨你的丈夫，因为他对你言听计从，但是你无法止住爱上那些拖上两个星期才给你回信的男人。非常坦率地说，爱玛，你的爱情观表明你有强迫症，是个受虐狂。

包法利：是吗？我不明白。我才不在乎是不是病呢。我只想再吻他，感受他的拥抱，闻他肌肤的香味。

　　尼尔莉：你必须努力透视自己的内心，回头考察你的童年，这样也许你会知道你本不该遭受所有的这些痛苦。只是因为你生长在一个机能失调的家庭，你的感情需求没有得到满足，所以才会像现在这样沉迷其中。

　　包法利：我父亲是一个朴实的农民。

　　尼尔莉：也许是吧。但是在感情上，他却不能给予你什么，所以没有得到满足的情感才会使你现在爱上这样一个男人，但这个男人实际也不能给予你真正想要的东西。

　　包法利：问题出在查理，不是罗多尔夫。

　　尼尔莉：好了，亲爱的，下个星期我们再谈吧。你的时间到了。

　　包法利：哦，尼尔莉博士，我本来打算早一点解释，我这个星期没钱付给你。

　　尼尔莉：这是你第三次说这样的话了。

　　包法利：对不起，但是眼下我正缺钱，我一点也不开心，我发现自己把钱都花在购物上了。就在今天，我还去买了三件新衣服，一个漆花顶针和一套瓷器茶具。

　　13. 很难想象包法利夫人的治疗会有一个满意的结果，或她的生活会有一个更幸福的收场。狂热的爱情实证主义者相信，尼尔莉博士（如果她能够收到治疗费的话）可以将爱玛转变成一个调整好的、不冲动、善于照料人的妻子，从而把福楼拜的小说变成一个通过自我认识而得以救赎的乐观的故事。尼尔莉博士确实对包法利夫人的问题进行了揭示，但是发现问题和解决问题、聪明和聪明的妻子之间有巨大的差距。我们都比自己实际表现出的程度更聪明一些，意识到爱情疯狂症，但无人能够幸免。也许智慧或完全没有痛苦的爱情这类概念，就如无血的战争这个说法——且不说《日内瓦条约》——一样充满矛盾，根本就不存在。包法利夫人和派姬·尼尔莉之间的交锋，是爱情悲剧和爱情实证主义之间的对抗，是智慧和智慧反面的对抗，这智慧的反面不是指无视智慧（那很容易纠正），而是无力根据自己明知正确的原则行事。知道我们的情事不现实，对克洛艾和我来说却毫无帮助；知道我们也许很蠢笨并不能使我们成为哲人。

14. 爱情挥之不去的痛苦令我悲观，于是，我决定拔慧剑断情丝。如果爱情实证主义于事无补，那么惟一恰当可取的方法就是禁欲主义所提倡的，永远不要再坠入爱河。从此，我将退入一个象征意义上的修道院，不见任何人，俭朴地生活，严格地学习。我满怀敬意地读着一些故事，故事中的男女躲开人世的纷扰，誓言一生贞洁，在隐修院里度过人生。此外还有隐士的故事，他们在沙漠的洞穴里坚持生活四五十年，以植物根茎和野果为食，从不与人交谈，也不与人相见。

15. 然而，在一天的晚宴上，当蕾切尔向我介绍她办公室的工作事务时，我迷失在她的双眸中；我震惊了，意识到自己很可

254.

能轻易地就丢弃了禁欲主义哲学，重蹈与克洛艾交往犯下的所有错误。如果我继续看着蕾切尔的头发挽成的精致小圆髻、她使用刀叉的优雅姿势，或她蓝色眼眸的丰富内蕴，我知道这个晚上我将无法全身而退。

16. 邂逅蕾切尔使我警醒于禁欲主义的局限。爱情并非聪明之举，也许永远无法摒弃痛苦，但也永远无法让人抽身其中。爱情的不可避免，犹如爱情的缺乏理性——然而不幸的是，缺乏理性并不是反对爱情本身的理由。为了吃到植物根茎和野果而去犹大山地不是有些荒唐吗？如果我想勇气十足，爱情中不是有更多的机会表现英雄主义吗？而且，在禁欲生活需要的所有牺牲中，难道就没有一些懦弱的成分？禁欲主义的本质中有这样的愿望，在他人有机会令你失意之前先使自己失意。禁欲主义是对他人感情中的危险成分采取的一种原始的防卫方法，面对这种危险，人们需要拥有比在沙漠里生活时更大的忍受能力。禁欲主义呼吁人们过一种隐修克己的生活，避免感情的折磨，这只是试图否定某些人类需求的合理性，这些需求既存在潜在的痛苦，又是最为基本的需求。无论禁欲主义者是怎样的勇敢，但面对最真切的现实，面对爱情，他最终只是一个懦夫。

17. 我们总是蒙住自己的眼睛，提出一些最简化问题的方案，从而回避问题的复杂性。对爱情中的巨大痛苦，爱情实证主义和禁欲主义都并非是适当的解答，因为两者都瓦解了问题，而没有解决矛盾。禁欲主义将爱情的痛苦和非理性化解为一个结论性的理由来反对爱情——从而无法在我们欲望的真正创伤和感情需求的完整性之间找到平衡。另一方面，爱情实证主义把一种可以轻易把握的心理智慧错误地瓦解为一种信念，认为只要我们学会多些自爱，就可以拥有没有痛苦的爱情。因而爱情实证主义无法处理好对智慧的需求和遵照其规则行事随之而来的困难之间的关系，将包法利夫人的悲剧简化成尼尔莉博士老生常谈的理论的一个例证。

18. 我意识到，有一个更为复杂的经验需要总结，这个经验可以解决爱情中的不和谐，协调智慧的需要和智慧可能存在的无效，协调迷恋者的愚蠢行为和迷恋的不可避免。人们在正确评价爱情时，必须不带有教条主义的乐观或悲观，摒弃害怕爱情的禁欲主义学说，或爱情实证主义失望的道德观。爱情教会善于分析的人一种谦逊，教会他认识到，无论怎样执着地去找不可改变的确凿真理（为其结论编号，将其装入整齐的序列），分析也永远都是有瑕疵的，因此从来都与谬误相去不远。

19. 当蕾切尔接受邀请，答应接下来那周和我共进晚餐时，这些经验显得尤为确当。一想起她，就开始有激动的颤栗穿过那诗人称之为心的地方，我知道这颤栗只意味着一件事——我又一次坠入爱河。

情爱如斯

——译后记

　　"一个男人和一个女人、一对情人、在一家中国餐馆里庆祝生日、西方社会的一个夜晚、二十世纪即将结束的时候。"（第十章）

　　人类爱情的历史是那样悠远丰富，当现代人想要作爱的表白时，如本书中处于上述文化背景之中的主人公那样，"Love"或"爱"这些因为过度使用而沉闷无味的词还能精确地表达我们的情感状态吗？继续使用这些词语就好比睡在别人肮脏的被褥里，难道我们不应该找到与所爱之人的独一无二相称的表白？

　　这是英国作家阿兰·德波顿发出的疑问。也许一千个人会有一千个答案，因为你我都有自己独特的爱情故事与心理体验，这是人生成长必然经历的岁月，真正爱过，谁没有刻骨铭心的感受呢？

　　对于德波顿来说，爱情也许还有另外一些内容，于是就有了《爱情笔记》，就有了关于爱情的诸多思想片段整合而成的一个好读的故事；思想的小说式图解也得以在这关于爱情的文本中熠熠

258.

生辉。

　　小说当然得有小说的情节。《爱情笔记》的情节也许很简单，讲述的不过是一个现代爱情故事：一对英国青年结识于巴黎至伦敦的客机上，随后交往，同居，分手。结构很完整，开头是邂逅，至十六章到达爱的顶峰，十七章到最后一章讲述了爱情的迅速逝去，结尾拉开了另一次爱情的幕布。读者对于这类情节也许并不陌生，毕竟在琳琅满目的文学作品的海洋里，已经有太多诸如此类的故事。但是《爱情笔记》的精彩之处就在于，故事本身并不是作者浓墨重彩想要描绘的，情节已经让位于灵巧的哲思，作品充满了思考性段落，而在这关于爱情的诸多思考中，有一种智慧而清晰的辩证联结。作者自始至终是从主观的、内省的角度来表达、来探索爱情的意义和本质，从整个爱情故事中凝结出比生命更为持久的爱情哲理，充满了西方审美智慧与哲学情怀。

　　翻开这部自传体式的小说，我们首先领略到的就是一种精妙的手法，一种全新的阅读体验，作者以数字来标示每一个段落，而每一章节又是一个哲思单元，有对邂逅的神奇遐思，有吸引对方的惶惑失态，有爱和自由的平衡，有情爱创造的私密空间，有熟悉后的倦意与重新发现，有对幸福的恐惧，有奇妙的爱情恐怖主义，有心理宿命论，有自设的基督情结……凡此种种都是爱情可能经历的段落，在作家的笔下都成了有趣的话题。德波顿以戏而不谑的方式生发出充满机锋的笑话与漂亮有趣的细节。

　　作者知识丰富，以西方悠久的文化、历史为底蕴，从苏格拉底到柏拉图，从霍布斯到尼采，从司汤达到普鲁斯特，从乔瓦尼到科比西埃，广泛涉猎西方哲学、心理学、伦理学、文学、宗教、美术、建筑，旁征博引，生发新意。而这一切都是用现代人的目光采撷精华，归于解析，探索一个中心：人类的爱情。其中蕴藏的诗意、幽默、哲思、智慧，如行在山阴道中，令人目不暇接。道出了爱情生活中人人俱有的微妙感受，表达出人类共同的心灵之语。

也许我们该说，德波顿确实是一位深刻的思考者，不论是在激情的巅峰还是在失恋的低谷，他始终能够让书中的"我"把握对人物心理的细致观察，捕捉意识流中一刹那间的情绪波动与思想转折，将之如实地记录下来，从而把恋爱中的人们错综复杂、变化万端的心理状态描摹得淋漓尽致。书中的"我"不管是被哪种多么感性的情绪或氛围包围着，都始终保持一份冷静，用理性和逻辑，从中寻找规律和秩序。德波顿将掩身在男女情爱之中的五彩斑斓的感受化为流动的文字，营造出一份似乎能够加以触摸的妩媚多姿的总体情绪，让爱情澄清洞明，无处遁形，昭然于众，同时全文的整体氛围又是睿智、幽默的。

毕业于剑桥的德波顿除了英语，还精通法语、德语、西班牙语（他是西班牙后裔）。虽然年仅三十余岁，但他的作品已经被译成二十多种语言。《爱情笔记》于1993年出版，是他的第一部小说，甫一发表就引起轰动，德波顿因此也被誉为"英国文坛的一朵奇葩"。他的第二部小说《爱上浪漫》于隔年出版，曾入围法国费米那文学奖，而第三部以传记艺术为题的《亲吻与述说》在一九九五年出版后同样大受瞩目。非小说佳作《拥抱逝水年华》是他的第四部作品，以作家作品解读的方式给现代人的生活提供种种参考，一九九七年出版后立刻成为畅销名作。德波顿认为"哲学不应是躲在象牙塔中的文字游戏，而要成为帮助人们解决心灵伤痛的良药"，于是就有了他的新作《哲学的慰藉》。《旅行的艺术》更能证明他的多才多艺和不凡的创作潜力，怪不得英国评论家菲利普·格雷兹布鲁克说他是"一位恐怕连扫帚的传记都可以写得活灵活现的作家"。

德波顿的一系列作品都从西方的哲学、心理学和文学经典中汲取资源，讨论现代人的生活，为生活中令人困惑的问题提出解决方案。他的作品最大的特点是以思辨见长，《时代周刊》称他为"英国的笛卡儿"。正因为此，他的小说读来给人一种思想的饕餮，智慧的点染，趣味的愉悦。思想容量大的作品翻译起来当然甚为费力，故译者时时惴惴不安，尤恐错误地领会作者的意图，违背了作者的佳思妙构。有幸的是，虽然未能亲炙其面，有些行文奥妙之处还是通过电子邮件得到了阿兰·德波顿先生的亲自解说和指点，使译者受益匪浅，同时也倍受鼓舞。在此谨致谢忱。

译　者

2001 年 5 月

图字：09-2001-112号

图书在版编目（CIP）数据

爱情笔记 /（英）阿兰·德波顿（Alain de Botton）
著；孟丽译. —上海：上海译文出版社，2020.7（2023.8 重印）
（阿兰·德波顿作品集）
书名原文：Essays in Love
ISBN 978-7-5327-8503-2

Ⅰ.①爱… Ⅱ.①阿… ②孟… Ⅲ.①长篇小说—英
国—现代 Ⅳ.①I561.45

中国版本图书馆CIP数据核字（2020）第103348号

爱情笔记
[英] 阿兰·德波顿 著 孟 丽 译
责任编辑 / 吴洁静 封面设计 / 观止堂_未氓 内文版式 / 高 熹

上海译文出版社有限公司出版、发行
网址：www.yiwen.com.cn
201101 上海市闵行区号景路 159 弄 B 座
上海盛通时代印刷有限公司印刷

开本 890×1240 1/32 印张 8.5 插页 5 字数 125,000
2020 年 8 月第 1 版 2023 年 8 月第 3 次印刷
印数：12,001—14,000 册

ISBN 978-7-5327-8503-2/I·5233
定价：69.00 元